Terachi Haruna

寺地はるな

No need of wings to keep walking our own path.

わたしたちに翼はいらない

新潮社

わたしたちに翼はいらない

序章

　ねえ、知ってる？　隣を歩いていた陽向《ひなた》ちゃんがそう言って、かんなの顔をのぞきこんできた。

「なにを？」

　訊《き》き返す時、無意識に陽向ちゃんの口調を真似た。何度か転校を経験したかんなは、学校という場所で楽しく過ごすためには「なじむ」ことがなによりも大事だと思っている。いつのまにか、人の口調を真似るのはかんなの「得意なこと」になった。絵を描くことよりもビーズを繋《つな》げてアクセサリーをつくることよりもずっと。

　四月のおわりに、かんなはこの明日見《あすみ》市の小学校に転校してきた。引っ越しはこれで三度目だ。ここに来る前は金沢で、その前は長崎で、その前は忘れた。前の学校で始業式を迎えた直後にパパの転勤が決まったと知った時、ママは「なんで今？」と悲鳴を上げた。

　転校してすぐにゴールデンウイークの長い休みに入ったから、休み明けの今週は「また一からやりなおし」だった。やりなおしは最初の一回より、気が重い。

この街は、パパが生まれ育った街だ。おじいちゃんとおばあちゃんの家がある。昔はその家に、パパの弟であるふたりの叔父さんも住んでいたらしい。今はどちらも遠いところにいる。ふたりの叔父さんについて、かんなはいっぽうを近しく、もういっぽうを遠く感じる。でもそれは家族の誰にも話したことはない。他人に対する好き嫌いを口にするのは、家の中では「品のないこと」とされている。

「あのね」

陽向ちゃんは前を歩くふたりを気にしながら、口の横に手を当てた。ユウレイマンションという言葉となまあたたかい息がかんなの耳元をくすぐる。

「幽霊マンション?」

陽向ちゃんが立ち止まったので、それに合わせた。前を歩くふたりは熱心になにかの話をしていて、後方のかんなたちが立ち止まったことに気づいていない。紺のランドセルとピンクのランドセルがすこしずつ遠くなる。

通学路には、かんなたちの他には犬を散歩させているおばさんがいるだけだった。前の学校では下校時刻になるとあちこちに「子ども見守り隊」というたすきをかけた人が旗を持って立っていた。ふたつ前の学校には集団登下校の班があって、ひとりで帰ることは許されていなかった。この学校には「同じ地区の子は誘い合って帰りましょう」というゆるい決まりがあるだけだ。誰からも誘ってもらえない子はどうするんだろう。ひとりで帰るしかないのだろうか。

「マンションの一番上から落ちた男の人の幽霊が出るんだって。そのマンションに近づいた子どもは、みんなあの世に連れて行かれちゃうんだってー」

陽向ちゃんはこわい話が好きみたいだ。昨日も学校の女子トイレのこわい話を聞かされた。そんなのいるわけないよと思ったけど、言わなかった。陽向ちゃんはかんなが転校してきて最初に話しかけてくれた子だったし、毎日「一緒に帰ろう」と誘ってくれる。機嫌《きげん》をそこねたくなくて、「えー、こわーい」と調子を合わせた。

「それって、どのマンション？」

マンションばっかりね。引っ越しの翌日に「探検」と称して、ママと妹と一緒に散歩に出かけた時、ママはそう呟《つぶや》いていた。マンションは多いけど、ママがいつも使っているメーカーのスパイスや「新鮮な」野菜がそろったスーパーマーケットがないことと、本屋さんが一軒しかないことが不満そうだった。「このあたりの人たちはあんまり本を読まないのね」と溜《つ》め息を吐いていた。総合的に判断して、この街はママに言わせれば良い街ではないということのようだった。もちろん「教えちゃおっかな、どうしようかな」と上目遣いになっている陽向ちゃんには、そんなことはぜったいに言ってはいけない。

「教えてよー」

ものすごく興味があるふりをしなくてはいけない。陽向ちゃんはまだもったいぶっている。前を歩いていたふたりが振り返って、立ち止まっているかんなたちに気づいた。

「遅いよー」

「何してるのー？」

かわりばんこに声を上げる。同じ黄色い帽子をかぶった頭が、同じ方向に傾いていた。

「いま行くー」

叫び返した陽向ちゃんがかんなに「さっきの話、あの子たちには内緒だよ」と耳打ちする。

どうして内緒なのかと質問するタイミングがつかめず、かんなは走り出した陽向ちゃんのあとを追う。前方のふたりはクラスが違うから、まだ名前を覚えていない。ランドセルの中で教科書とペンケースが大きな音を立てる。その単調な響きは、自分に「考えるな」と言い聞かせているように、かんなには感じられる。

考えるな・なにも・考えるな。

下を向いて考えごとしてたって、友だちなんかできないんだから。

第一章

この十五階建てのマンションができたのは、たしか園田《そのだ》が小学生の頃だった。あの頃はまだ、丈の高い建物はめずらしかった。街に突如出現した高層マンションについて、園田の祖父母は「大雨が降って洪水になったらあそこに避難させてもらえばいい」とか「明日見川の花火大会が見えるらしい」と話していた。ひとつの階に五室あるのだが、最上階は二室だけで、下の階より広くてルーフバルコニーがあるらしいと園田に教えたのも祖父か祖母のどちらかだった。

小学生の園田はルーフバルコニーがどんなものなのか知らなかった。祖父に訊《たず》ねると、屋上のようなものだと説明された。住人はそこで「くつろぐ」のだと。

ビーチパラソルの下で白いチェアに寝そべっている女の姿が浮かんだ。水着姿で気怠《けだる》く雑誌をめくっている女。そんな場面を映画で観たことがあった。映画館に行ったわけではなくて、テレビで放送されていた。じっと見ていたら、三つ年下の弟が「あー律《りつ》兄ちゃん、女の裸じろじろ見てる、うわー」と騒ぎ出した。園田が気色ばむとふたつ年上の兄が「お前らうた。

るさい」と怒り出し、弟が反抗し、最終的に三人とも母に頭をはたかれた。

恥ずかしかった。水着の女に目を奪われていた自分も「ルーフバルコニー」のない借家で母と、母の実父母である祖父母、兄と弟と自分がひしめきあうように暮らしていることも、兄と弟がさわいでいるあいだにいつも言葉を飲みこんでしまう自分も、ぜんぶ恥ずかしかった。

その後マンションの前を通るたびに、弟の「うわー」が耳の奥で聞こえた。もうじゅうぶんだろう、おれはこの件でじゅうぶん恥ずかしがっただろうと自分に言い聞かせても、羞恥心はしつこく蘇《よみがえ》り、園田の耳を熱くした。

パルスのお膝元、と呼ばれるこの街で、園田は生まれ育った。このあたりに住む年寄りはみんなパルスの上に「世界の」をつける。世界のパルス。自分の会社でもないのに、誇らしげにその名を口にする。園田の祖父母もそうだった。

みなさん、大きな会社はぜんぶ東京にあると思っているでしょう、と言う担任の先生の声を今も覚えている。小学三年生の時だった。

「きみたちはパルスという、世界的に有名な電機メーカーの本社がある街に住んでいるんです。先生は高校生の時、アメリカのカリフォルニアというところで半年間ホームステイを経験しました。そのお家の居間には、パルスのテレビがありました。すごいことだと思いませんか?」

先生は「お父さん、お母さんがパルスに勤めている子、手を挙げてみてください」と言った。数名の手が挙がった。「じゃあ、お父さんやお母さんがパルスに関係のあるお仕事をしているという人」という質問にはさらに多くの手が挙がった。園田は自分が手を挙げていいのかどうかよくわからず、下を向いていた。

広大な敷地を持つパルスの本社は、地図で見ると市のちょうど中心部にある。それを取りかこむように、下請けや孫請けの会社や販売代理店が放射状に広がって位置している。そのうちのひとつが園田の父の勤め先で、やっていた仕事は「パルスに関係のある」といった類《たぐい》のものなのだろうが、小学生の頃はそのことがよくわかっていなかった。父とはあまり話をしなかったから。

園田の実家は川沿いの町にある。町の中でもとりわけ古びた建物が建ち並ぶ、多くの人が「昭和っぽい」と表現する町で生まれ育った。二階建ての家や文化住宅がきゅうくつそうにひしめきあっていた。「〇〇銀座」と名づけられた商店街では、夏でも冬でもおかまいなしに桜の造花が風に吹かれていた。

隣の家には老夫婦が住んでいて、玄関にいくつもプランターを並べていた。母と隣人はそのプランターがこちらの敷地にはみ出したのはみ出さないのでしょっちゅう揉《も》めていた。

母は隣家のプランターに植えられた花を忌々《いまいま》し気に睨みつけては「貧乏人が花なんか育てちゃって」と小馬鹿にしていた。

「どうせなら、食べられるものでも育てりゃいいのに」

母がなにかにつけて人のやることにケチをつけるのが恥ずかしかった。ほかにもたくさん恥ずかしいことがあった。クラスでいちばん背が小さいこと。二重とびがどうしてもできないこと。なんの授業だったかもう忘れたが、「カレーの材料を挙げよう」という授業でみんなが次々に、「たまねぎです」とか「お肉です」とか言うのに、園田だけ「ツナ」と答えてしまったことがあった。そのすこし前に母が「お肉買うの忘れちゃった」とツナを入れていたことが頭に残っていたせいだが、クラス全員から「カレーにそんなの入れるわけない」と馬鹿にされた。「先生もそれは食べたことないなー」と困ったように首を傾《かし》げていた先生の口もとに浮かぶ、かすかな笑みが今でも忘れられない。

両親の仲が悪くて、いつも隣近所に聞こえるような大声で言い争っているのが恥ずかしかった。運動会の時、観覧席がみょうに騒がしいと思ったら両親が怒鳴り合っていたこともあった。彼らが言い争う理由はおもに、父に言わせれば、母が父に「なめた態度をとる」こと。母に言わせれば父の稼ぎが少ないから母の実家に住まわせてもらっているというのに父に「感謝の心がない」ということ。

父の味方は、家の中にはひとりもいなかった。園田が七歳の時に両親が離婚し、父ひとりが家を出ていった。小学生の中途から中学卒業までは母方の姓である「室井《むろい》」で過ごした。そのあいだに祖母が死に、祖父が死んだ。兄が家を出て、ようやく「ひしめきあう」暮らしではなくなったと思ったら、父が帰ってきた。園田が高校に入った頃だ。よせばいいのにふたたび婚姻届を出し、室井律は園田律に戻った。復縁を望んだのは母のほうだという。

周囲の人びとに言わせれば、いつまでもひとつのことにこだわるのは「めめしい」ことらしい。「男の子ってひと晩たったらぜんぶ忘れちゃうよね」「うちなんか三歩歩いたら忘れちゃう」というような周囲の大人の会話を耳にするたび、「もしかして自分はほんとうは男ではないのかもしれない」と思っていた。

そんなことを思い出しながら「ルーフバルコニー」のあるマンションの十五階の外廊下に立っている園田の鼻先を、油でなにかを炒める匂いが掠《かす》める。昼食には遅く、夕食にははやい。こんな微妙な時間帯に料理か、と思ってから、そんなことはどうでもいいじゃないかと思い直す。自分はこれから死ぬのだから、誰がどんな時間に飯を食おうがそんなことはどうでもいい。料理をしているなら外には出てこないだろうから、かえって好都合だ。見とがめられて「住人でもないやつがこんなところでなにをしているのか」と声をかけられる前に、さっさと飛び降りてしまおう。

首を伸ばして、下の様子を窺《うかが》う。郵便局のバイクが停まっているが、配達員の姿はない。

あのバイクが去ったら飛び降りよう。

ここ十数年で似たようなマンションがいくつもできて、もうここは「このあたりにはめずらしい、丈の高い建物」ではなくなった。俗に言う駅近物件というやつで、売りに出るとすぐに買い手がつくマンションだったが、数年前、八階に住んでいた中学生がベランダから飛び降り自殺をして以来、その人気は下降気味だ。販売にかかわる部署ではないが、マンション管理会社に勤めているのでそうした情報は耳に入ってくる。

マンションの向かいには背の低い、横長の賃貸アパートがある。三階のベランダで洗濯物がはためいているのが見えた。白いTシャツ、白いタオル。地上に視線を落とすと、植え込みには白いつつじが咲き乱れている。こんな清らかな色に囲まれて死ぬのも悪くない。

八階で死ねたのなら、最上階から飛び降りたら間違いなく死ねるだろう。だから、このマンションを自殺の場所に選んだ。こんな日中に人が死ぬなんて、みんな考えもしないだろう。ここの住人の多くが自分の死体を目にすることになる。かたい地面に叩きつけられ、頭蓋骨《ずがいこつ》が割れ、夥《おびただ》しい血を流す自分。足はおかしな方向に曲がり、膝から骨が突き出したりしているかもしれない。

どうして彼は死んだのか。そんなふうに考えてくれる人が、ひとりぐらいはいるのだろうか。でも「どうして」なんて、園田自身にもわかっていない。億単位の借金を背負ったとか女にふられたとか、そういう明確なきっかけがあったわけではない。ただ今朝、目が覚めて「朝食に卵を焼こうかな」とか「雨が降りそうだな」とか思うように自然に「死んでもいいかな」と思いついてしまったのだ。

自分の人生でもっとも暗く過酷だった時期といえば、やはり中学生時代ということになるだろう。その時ですら「死にたい」とまでは思わなかった。でも今はこんなにも死にたい。状況の過酷さと死にたさが正比例するとは限らないと知った。ひとつ利口になった、と自嘲《じちょう》気味に唇の端《はし》を上げる。どうせ死ぬのに利口になって何になる？

どこからか姿を現したヘルメット姿の郵便局員がバイクにまたがり、走り去っていくのを見送る。

いよいよだ。銀色の手すりを乗り越えようとして、自分の手が震えていることに気がつく。以前は、「死にたい」と「死にたくない」は対極にあって、ぜったいに交わることのない感情なのだと思っていた。でも実際には、背中合わせにぴったりとくっついていて、テンポのはやい音楽に合わせてくるくる踊るように、かわりばんこにその顔をのぞかせる。死にたい。死にたくない。死にたい。死にたくない。

ダンスが一段落したところで園田は手すりから手を離し、乱れた呼吸を整えた。じっとりと汗ばんだ手のひらからは錆《さ》びついた金属と砂ぼこりの臭いがして、同時にここ数週間の記憶が一気に蘇った。電話で聞いた母の声、通帳の残高の数字、冷蔵庫の中の飲みかけの牛乳、友人の「結婚しました」の葉書、そして仕事やそれ以外で会った、たくさんの人の顔が、大急ぎでアルバムのページをめくるように思い出され、唐突に「死んでもいいけど、どうせなら殺してから」という考えが浮かぶ。おれは「死んでもいい人間」かもしれないが、あいつは「死んだほうがいい人間」だから。

中原大樹《なかはらだいき》。あいつを殺してから死のう。「死にたい」と「死にたくない」のあいだに、「殺したい」が割りこんできた。

*

つけっぱなしにしていたテレビから「クモを食べてるみたい」と聞こえてきて、爪を塗《ぬ》る手を止めた。莉子《りこ》が高校生の頃から放送されている情報番組のカラフルなスタジオで、アイドルなのかなんなのかよくわからない女がプリンを手にはしゃいでいる。うす黄色いプリンの上に絞られた生クリームはたっぷりと白く、ゆるく渦巻《うずま》いている。女の言った「クモ」は蜘蛛《くも》ではなく、雲のことだった。

蜘蛛を食べたことがあるのかと思った。でも空の雲だって食べられないのだから、どちらにせよこの女が言っていることはおかしい。画面の中の女。若いだけで格別に美しいというわけでもない女がきゃあきゃあと耳障りな声を上げ続ける。「うるさ」と呟いてテレビを消し、しばらく爪を塗る作業に専念した。美南《みなみ》との約束の時間に間に合わせなければ。いつものようにファミリーレストランでだらだら喋《しゃべ》るというただそれだけの内容であっても、約束は約束だ。

莉子は昔から聞き間違いや勘違いが多かった。父からはよく「話の前後で推測できるだろう」「人の話を聞く時は、しっかり頭を使いなさい」と小言を頂戴したが、すべて聞き流していた。だって母がそうしていたから。「女の子はかわいければいいの」が口癖《くちぐせ》の母は、莉子が夜遅くまで勉強などしようものなら「肌に悪い」と制止した。かわいければ、なんとかなる。事実なんとかなってきた。これまでの人生。

成績なんかどうでもいいの。耳の奥で聞こえた母の言葉をきっかけに、「あの頃」がいくつも立ちのぼる。ダイニングテーブルに広げっぱなしのランドセルのカタログや夫の大樹がソファーの背に脱ぎ捨てたシャツが、遠くなる。教室のざわめきがすぐそばに迫ってきて、スカートのプリーツが膝をこする感触すらも、なまなましく蘇った。

あの頃。大樹は王様だった。かっこいい男子は他にもたくさんいたけれども、場の空気を支配するのは常に大樹だと決まっていた。そして莉子は、王様から選ばれた女なのだ。

ファミリーレストランの野暮ったい花柄の壁にこめかみを押しつけるようにして、美南は座っていた。莉子が近づくと、小さく手を振る。栗色に染めた髪が、わずかに揺れた。

「あたし、これにする。期間限定だって。おいしそうじゃない?」

ブラッドオレンジの果肉の色に塗られた美南の爪が、ラミネート加工されたメニューの「さくらんぼのブリュレパフェ」という文字の上に落ちる。グラスの底の、あざやかな赤色のゼリーの上におなじ色をしたアイスクリーム。サイコロ状に切ったチョコレートケーキの上のブリュレのカラメリゼがいかにも甘そうだった。てっぺんに鎮座するさくらんぼは珊瑚《さんご》の玉を思わせる。

「ドリンクバーだけでいいや」

メニューを押しやる。

「ダイエット？」

上目遣いで笑う美南に「そんなとこ」と笑い返した。ほんとうは、そもそも甘いものが好きではない。つきあいで食べているだけだ。みんなが好きなものを「きらい」と言うと場を白けさせる。

昼食の後、間違えて娘の芽愛《めあ》のいちご味の歯磨き粉をつかってしまった。何度も口をゆすいだのに、まだ口の中に甘い香りが残っている気がする。

美南とは、中学まで一緒だった。高校で別れて疎遠《そえん》になったけれども、お迎えの時にばったり再会し、同じふたば保育園に子どもを通わせていることがわかった。芽愛はつい先月四月に年中さんになったばかりだが、美南の息子は年長クラスにいる。

あたし、ほんとは働いてないの。何度目かに話した時、美南は声をひそめて莉子に打ち明けた。開業税理士である夫の事務所で就労証明書を発行してもらい、それで保育園の入園資格を得たという。

「莉子もそうでしょ？」

その通りだった。父の会社を手伝っていることになっている。虚偽の証明書発行から入園までの経緯は、美南とほぼ同じだ。父の会社、といっても、従業員はいない。父ひとりでやっている会社だ。建設会社の下請けの下請けの下請けみたいなことを、細々とやっているらしい。でもそのことは誰にも話していない。「父は会社を経営している」とだけ言うことにしている。

なんでわかるの、とたじろいだ莉子を見て、美南は薄く笑った。

「お勧めしてるママたち、みんなもっと余裕なさそうだから」

莉子の爪に視線を投げた美南はあの時、共犯者の顔をしていた。

芽愛はかわいい。それでも、四六時中一緒にいるのは耐え難い。だから二歳の頃から保育園に預けている。多くの女たちが、子どもを保育園に入れられずに苦労していることはもちろん、知っている。ずるをしているという自覚もある。だからなんなの、とひらきなおる気持ちも。両方を手のひらにのせたまま、莉子はファミリーレストランで、カフェで、夕方の五時までの時間を無為なおしゃべりに費やす。

「あーあ、あたしも痩《や》せなきゃ」

そうぼやいたばかりの美南の唇にブリュレをすくったスプーンが吸いこまれた。たしかに二の腕や腰回りにはもったりと肉がついている。

「え、ぜんぜん太ってないのに」

それでも、莉子はそう答える。十代の頃からかわらないやりとり。痩せたい。きれいな肌になりたい。もっと大きい目が良かった。もっと小顔になりたい。誰かが外見にまつわる愚痴をこぼすたびにべつの誰かが「ぜんぜんそんなことないよ」と言う。言わなければならないことになっている。それが社交だ。

教室には、層があった。さえない生徒はパフェグラスの底に沈むゼリーのように、いちばん下で息をひそめるしかない。でもてっぺんのさくらんぼになるのは、たぶんほんとうはそんなにむずかしいことじゃない。必要なのは「読む」こと。自分の置かれた状況を。真実ではなく、相手が言ってほしいと願う言葉を。てっぺんにいる生徒も底で燻《くす》ぶる生徒も目鼻立ちやスタイルだけで比べれば、たいした差はなかった。眉《まゆ》のととのえかた。制服のスカートの丈のバランス。その程度のことがしかし、なによりも重要だった、あの頃。たぶん今だってそう。

それらの事実はすべて、言葉にされることなく莉子の中をただ、ふわふわと漂っている。昔から「読む」ことに長《た》けていた。たしかな戦略を持って層のいちばん上をめざしたのではない。気づいたらいつもそこにいた。だいじなのは、自分の頭で考えない、ということ。だって考えると、女は重たくなる。重たい女は誰からも好かれない。考えずに、自然にわかるようでないと。

「あれほら、あの人じゃない？」

美南の視線が窓の外に注がれている。年中クラスの鈴音《すずね》ちゃんのママが自転車を押して歩いていた。隣にはパパの姿もある。

自分で切っているのかな、と思うような野暮ったい髪形をした彼女は、今日も灰色のスーツを着ている。鈴音ちゃんのママがあれ以外のかっこうをしているところを見たことがない。鈴音ちゃんのパパは長身だが、背が高いというよりはひょろ長い感じで、かっこよくはない。ママのほうが極端に背が低いから、大人と子どもみたいに見える。鈴音ちゃんは眉が薄くて、色が白い。他の子にブロックや絵本を奪われても泣きもせず、のっそり立ちつくしているような地味な子。その程度の印象しかない。

「ほんとだ」

自転車のカゴに、鈴音ちゃんのママのものと思われる、くたびれたトートバッグが押しこまれている。彼らはよく保育園の送迎に夫婦そろって現れる。

「あそこのパパって、ひまなのかな」

大樹は、保育園のお迎えなんて一度も行ったことがない。以前、保育参観の後の懇談会で鈴音ちゃんのママは「小児科に連れていくのは夫の担当です」と話していた。家に帰ってそのことを話したら、大樹から「俺は残業あるし、到底無理だね」と一蹴《いっしゅう》された。

「そうなんじゃない？　だって鈴音ちゃんのパパ、仕事できなそうだもん」

頷《うなず》く美南の唇には、意地の悪い笑みが浮かんでいる。

外見が冴えない。なんか暗い。鈴音ちゃんのママを構成する要素に今日もうひとつ「仕事ができない旦那がいる」が追加された。実際に仕事ができるかどうかは関係ない。そう見えることが重要なのだ。

「そういえば鈴音ちゃんのママさ、このあいだ莉子のことしつこく訊いてきたよ、あたしに。お忙しいかたなんでしょうか、だって」

すごい忙しいと思いますよ、って答えといたよ、と美南が肩をすくめた。

「えー、なんでそんなこと訊くの？」

「さあ。莉子と仲良くなりたいんじゃない？」

その手のことには慣れている。昔からよくあの手の人たちが「仲間に入れて」とでもいうような、じっとりした視線を送ってきた。教室でもそうだったし、短大を出てから就職した会社でもそうだ。いつも気づかないふりをしてきたけれども。

「関係ないけど、鈴音ちゃんのママって雰囲気があの子に似てない？　ほら、あの、なんだっけ、中学の時の、ほら」

美南はあーあー、と頷いて紙ナプキンを唇に押し当てた。

「あいつでしょ。松なんとか」

松尾だか松本だか、そんな名字だった気がする。ぺったりと脂《あぶら》っぽい髪をした生徒だった。

たれさがった一重まぶたとどっしりした体型で、十代なのに中年のおばさんのようだった。

いつも背中を丸めてのっそりと立っていた。雨を降らせる前のどんより重たげな雲のような、陰気な女。大嫌いだった。

「松なんとか、結婚したらしいよ」

「へえ」

ひときわ地味だった彼女は東京の、莉子が知らない名の大学に入ってそのまま東京で就職したのだそうだ。同級生の誰かが出張先でぐうぜん再会したのだという。「別人みたいに痩せてきれいになってた」と言っていたと聞いて、莉子はわずかに鼻を鳴らす。

「ふーん」

よっぽどがんばったんだろうね、と続けてコーヒーカップに口をつける。旦那は歯医者だって、と美南が言った時、ホイップクリームで白く染まった唇の端が歪《ゆが》んだ。

「歯医者ってあんまり儲《もう》からないらしいよ」

返事になっていない気がした。でも、そう言うべきだという気もした。

「見てよこれ」

美南がスマホを取り出し、ＳＮＳの画面を開く。「興味本位で」、彼女のアカウントを検索し、繋がったらしい。インテリアにこだわりがあるらしく、自宅とおぼしき部屋の画像ばかりが並んでいた。リビングは莉子のマンションの倍ほども広く見える。でもそんなに広い家に住んでいるわけがないから、よほど写真の撮りかたがうまいのだろう。

「あ、この人も同じ中学じゃない？」

フォロワー一覧に、見覚えのある男子の名があった。彼の名を覚えていたのは学年で成績がいちばん良かったからだ。いつも度の強そうなメガネの奥から女子を盗み見ているような気味の悪い男子だった。アイコンは黒い大型犬の画像だ。本名で、しかもフルネームでSNSやってるんだ、と思う。有名人でもないくせに。

「ほんとだ……ちょっと見て、こいつニューヨークに住んでるらしいよ。似合わねー」

ぎゃはは。美南が天井を向いて笑う。奥歯の治療のあとがはっきり見えるほど大きく口を開けて。ニューヨークだって、と莉子も調子を合わせて手を叩いた。

東京。ニューヨーク。それらの土地は、莉子にとっては「テレビで見る場所」であって、自分がそこに行きたいとは一度も思ったことがない。

「中学とか高校で地味だった人にかぎって、外に出ていきたがるよね。なんでだろ」

言ってから、あわてて「美南とかは違うけど」とつけくわえた。あと大樹も、と、それは心の中で。美南は短大、大樹は四年制の大学という違いはあれど、一度この街を離れている。大樹は最初から「地元で就職するつもり」だと決めていた。遠距離恋愛になっちゃうけど、と言って、シルバーのリングをくれたことを思い出す。莉子はそれをずっと左手の薬指につけていた。それが結婚指輪にかわるまでずっと。

美南はフン、と鼻を鳴らす。鼻息で、テーブルの上の紙ナプキンが一瞬わずかに浮いた。

「そりゃやっぱ、仕切り直しだか逆転だか狙ってんでしょ。人生の」

「あー」

「あの人たち、地元じゃそれ以上上に行けないんだからさ」

「可能性、みたいなのを求めてるってこと?」

可能性とかチャンスとかという言葉を口にするのは抵抗がある。自分の話ではないが、とても気恥ずかしい。

「それそれ。『何歳からでも、人は変われるはず！』って期待しちゃってんの」

わざとらしく目を見開いて、美南は胸の前で両手をグーにする。ふたり同時に笑い声を上げると、すこし離れた席に座っている三人連れがこちらを見た。

「あきらめない気持ち、大事だよね」

「ほんと。まあわたしにはよくわかんないけど」

莉子は頬杖《ほおづえ》をついて、窓の外に目をやる。パルスの社名入りのトラックが走り去り、街路樹の葉が風に揺れるのが見えた。

「山奥の村とか離島とかさ、そういうところで生まれ育ったら、やっぱそりゃ都会に出たいと思ったかもしれない」

山奥の村と離島、と言っても、莉子にはその具体的な生活はイメージできていない。ただよく「田舎あるある」として語られる、靴を履《は》く時にムカデが入っていないかいちいちたしかめなければならないとか、全員知り合いか親戚だとか、どこに行くにも車が必要だとか、そういうエピソードの表面をなぞっただけだ。さぞかし不便で窮屈《きゅうくつ》だろう。わたしには無理。ぜったいに無理。

「ここは地方だけど、ぜんぜん田舎じゃないし」

莉子は「ぜんぜん」に力をこめる。県内でいちばん有名な市ではないけれど、明日見市は人口二十万人で、けっして小さな市ではない。ＪＲと私鉄と地下鉄の駅があり、車なんかなくてもどこへでも行ける。電車に十五分も揺られたら繁華街に出られる。莉子も高校生の頃まではよく洋服や雑貨を買いに行ったが、今はめったに行かない。大きなショッピングモールができて、そこでなんでも揃うからだ。映画だって観られる。

ショッピングモールは、以前は遊園地があった場所だ。家族でよく遊びに行った場所がなくなったのはすこし寂しい。でも観覧車など、いくつかの遊具は今も残っている。「全員知り合いか親戚」だなんていうのも考えられない話だ。明日見市には大学のキャンパスだっていくつかあって、便利で、開放的な土地だ。ここから出たいという願いが理解できないのは、それだけ自分が恵まれているということなのかもしれない、と思ったりもする。

田舎じゃない、と莉子が言った時、美南はかすかに笑った。ニューヨーク似合わねーと茶化した時よりは控えめな、でもたしかに同じ種類の笑いだった。莉子は、なにかおかしなことを言っただろうかと思い返してみたが、わからなかった。ただの思い出し笑いかもしれない。

美南が壁の時計に目をやり、「あーもうお迎えの時間だよ」と舌打ちする。莉子は「ねー」と同調して、口に運びかけていたコーヒーカップを置いた。

＊

「じゃあ、気をつけて」

マンションの駐輪場で自転車を停めた朱音《あかね》は、宏明《ひろあき》に向かってことさらに明るい声を出した。昔は、どうしてもこういう声が出せなかった。「声が小さい」「覇気《はき》がない」と小学校に入ってから高校を卒業するまでずっと先生に指摘され続け、指摘されると緊張でなおさら気道が狭まるのか、よけいに声が小さくなった。大学生になって、コンビニでアルバイトをはじめたら、お金をもらっているという意識が朱音に大きな声を出させ、笑顔をつくらせた。大きな声でしっかりとあいさつをし、誰かの冗談ににっこり笑うと、それだけで周囲の人は「しっかりしてる」「感じのいい人」と評価してくれる。こんなに簡単なことだったのか、と驚かずにはいられなかった。

「元気で」

朱音がそう言っているにもかかわらず、宏明はまだぐずぐずと足元に視線を落とし、自転車の後ろに取り付けた子ども用シートに乗せられたままの鈴音に手を伸ばす。

「いいから、もう行って」

朱音は鈴音の安全ベルトを外してやる。地面に降りたった鈴音はそのましゃがみこんで、アリを観察しはじめた。宏明が一緒になってアリを見ようと腰を屈《かが》めかけたので、今一度「遅くなるといけないから」と声をかける。

宏明とは、半年前から別居している。かつて夫の実家の敷地内に「建ててもらった」家から、朱音が鈴音を連れて出るかっこうではじまった。新しくうつり住んだのは十五階建ての分譲マンションだが、購入したわけではない。不動産屋が「訳ありですが、悪くない物件がありますす」と紹介してくれた、賃貸の部屋だ。数年前に男子中学生が飛び降り自殺をして以来、なかなか借り手がつかないのだという。家賃は相場より安い。人は遅かれ早かれ死ぬ。だから朱音は気にしないし、今のところ生活に支障はない。

離婚を前提に別居を決めた時、明日見市を出るという選択肢もあった。わざわざ宏明や彼の両親のいる街に住み続ける必要はない。その選択をしなかった理由は、父だ。病身でひとり住まいをしている父から、あまり離れるわけにはいかない。

父は朱音が二十歳の頃に一度、心筋梗塞で倒れた。以来、月に一度ではあるが通院する必要があり、朱音はそれに毎回付き添っている。

「やっと鈴音を認可保育園に入れられたのに」と、「職場への通勤も大変になるし」というのも、明日見市を出ない理由だ。父のことに比べれば些細《ささい》だが、理由は理由だ。

今日は宏明に「正式に離婚する前に最後に一度だけ、きみと一緒に鈴音のお迎えに行きたいんだ」とせがまれて、ふたりで保育園に行くことになった。思えば、以前からやたらと「一緒に」にこだわる人だった。洗濯物を干していると「手伝うよ」とやってくる。わたしが洗濯物を干しているあいだにあなたが掃除機《そうじき》をかけてくれたら同じ時間でふたつの家事が終わるけど、ふたりで洗濯物を干したところでわたしがつかう時間や体力が半分で済むわけじゃないのよ、お迎えも同じ、あなたが迎えに行ってくれているあいだにわたしが料理をすれば時間が短縮できるのよ、と説明しても宏明は「一緒にやったほうが楽しいでしょ」とか「そんなさびしいこと言わずに」と的外れな返答をするのみだった。

「それじゃあ」

「うん」

しゃがんだ鈴音の頭に視線を落としたまま、宏明はぐずぐずしていつまでも立ち去ろうとしない。まさかこの人、このまま部屋までついてくるつもりなんじゃないだろうか。「ほら、鈴音がさびしがってるから」とかなんとか言って図々しくあがりこんできて、あの家にいた頃のようにわたしがつくった夕飯を食べて「まだ、おれたち家族だよな?」なんて、離婚の話をうやむやにするつもりなんじゃないだろうか。

宏明は朱音がバイトをしていたコンビニの客だった。冗談じゃない。いつもハムとたまごのサンドイッチを買うので「ハムたまお」というあだ名をつけられていた。毎朝同じようなスーツに同じようなネクタイ。常連客にあだ名をつけるのは、パートの主婦と学生バイトの共通の娯楽だった。容姿のいい客は「王子」とか「姫」と呼ばれて、誰が接客をするかでひそかな争いがおこった。

ハムたまおは容姿がよくなかったのでバイトの女の子たちにとっては、たまにサンドイッチではなくゼリー飲料を買っていった日にだけ「具合でも悪いのかな」と話題にのぼる程度の存在だったが、朱音は好きだった。商品を受け取る時にちゃんと目を見て「ありがとうございます」と言う人だったから。かわいい女性店員だけでなく、朱音にもおじさんの店員にもひとしく、礼儀正しい態度をとる。「こんな人いるんだ」と驚嘆した。容姿を基準に、女に対して露骨に（あるいは微妙に）態度を変えない男がいるなんて、と。

あのコンビニはまもなくつぶれた。オーナーは従業員の教育だけでなく、いろんな面でゆるかったから。でも、なんだかんだであそこでバイトしてた頃は楽しかったな、と朱音は思いながら、自転車のカゴから通勤鞄を引っ張り出す。黒い合皮《ごうひ》の鞄は父から就職祝いにもらったもので、もう十年以上使っているせいか、持ち手がほつれてボロボロになっている。

楽しいこともいっぱいあった。将来、夫になる人とも出会えたし。もう一度、そう思う。心からの気持ちというよりは、「たぶん、これが正解」と国語のテストの選択肢から答えを選びとるように、そう思った。夫になる人とも出会えたし。

離婚するけど。

離婚はするが、過去に戻れたとしてもやはり宏明と結婚すると思う。そうしなければ、鈴音に会えなくなってしまうから。

結婚以前の宏明は自称「子ども好き」だった。朱音は昔から子どもが苦手で、「子育てって楽しいに決まってるよ」と楽観的な宏明の説得に負けたかっこうで、子どもをつくることを決めた。

鈴音が生まれたのち、宏明は「子どもがこんなに手がかかるものだとは」と言うようになり、反対に朱音は日に日に「子どもがこんなにかわいいとは」という思いを強くしていった。宏明が好きだったのは「子ども」ではなく、「かわいくて機嫌の良い子どもとごく短時間だけ接すること」だ。その発見は離婚の直接原因ではなかったが、朱音の心をしぼませたことには違いなかった。

「そろそろおうちに入ろうか。鈴音、パパにバイバイして」

鈴音を立ち上がらせ、ズボンの膝についた砂を払う。鈴音はとくに名残惜《なごりお》しそうな様子も見せず、宏明にむかって「バイバイ」と手を振った。宏明はちょっと怯《ひる》んだように後ずさりし、「うん、うん」と二度頷《うなず》き、ようやく踵《きびす》を返して歩き出した。朱音もまた鈴音の手を引いてマンションのエントランスに向かう。よかった、と思う。「ああ、やっと帰った」なんてひどいことを、子どもの前で口にすることだけはせずに済んだから、よかった。

第二章

離婚届の用紙を取りに行ったのは、宏明ではなく朱音だった。市役所の窓口で「離婚届を一枚ください」と、自分でも過剰に感じられるほどはっきりとした口調で頼んだにもかかわらず、カウンターの向こうの職員は「緑の紙」と濁した。用紙のある場所がわからなかったのか「緑の紙を一枚です」と他の職員に耳打ちしたり、引き出しを開けたり閉めたりして、用紙一枚を出すのにずいぶん手間取っていた。

「やっぱり、二枚ください」

用紙を受け取ってから、同じくはっきりと言い放った。書き損じがあってはいけないと思ったのだ。離婚にまつわる一連の手続きを、遅滞《ちたい》なく、確実に遂行《すいこう》したかった。

決意は固かったが、その理由となると、とたんに説明が難しくなる。さいわい「なんで離婚したの?」と正面切って訊ねるような人は周囲にはいないが、なにかにつけて「この件について誰かに質問されたらなんと答えよう」と前もって考えるのは、朱音の昔からのくせだった。

誰かにこう言われたら、こう返そう。いつも頭の中でシミュレーションを繰り返す。当意即妙の受け答えができるほど頭の回転がはやくないという自覚があるから、いつだって予行が必要なのだ。

なんで化粧しないの？　興味ないから。

なんで彼氏いないの？　べつに欲しくないから。

「なんで離婚したの？」への回答は難しい。要約すると「好きではなくなったから」になるのだが、それでは脳内の「誰か」は納得してくれない。かならず「結婚って忍耐が必要なのよ」とか「ちょっと愛情が冷めたぐらいで、そんな」と食い下がる。

結婚していた五年のあいだ、宏明は朱音に一度も給与明細を見せてくれなかった。宏明の給与は「実家の敷地内に住まわせてもらっているから」という理由で、宏明の母に全額渡される決まりになっていた。だから朱音は彼女から毎月、ローンその他を差し引いたわずかな金額を「生活費」として受け取るだけだった。

結婚してから気づいたことだが、宏明はとても風邪《かぜ》をひきやすかった。年に十回以上風邪をひいていた印象がある。ちょっと水仕事をさせると「身体が冷えた」と鼻をぐずぐず言わせる。大きな病気をした経験はいちどもなく、健康診断の結果に異常はなかった。にもかかわらずしょっちゅう寝込んで、朱音に「きみは頑丈でいいよね」などと言うのだった。

「そういったひとつひとつの些細なこと、それに類似したありとあらゆることがひとつずつ積み重なって、しまいには顔を見るのも嫌になりました。最後のほうにはおかしを食べたあとにそのゴミをテーブルにしばらく放置しておく癖も、歯磨き粉のチューブのふたをきちんとしめないところも、ぜんぶ嫌になりました。他にもたくさんありますけど聞きます？」とでも言えばいいだろうか。たぶん「誰か」は最後まで朱音の話を聞かない。人間がちゃんと聞くのは自分が期待している話だけだから。

もう「いろいろあったんですよ」でいいのかもしれない。深刻そうに目を伏せてみせたら、きっと勝手に想像してくれる。よし、それでいこう。心が決まったところで、まだ朝食のパンを口にいれたままの鈴音をせかして玄関に向かう。仕事用の黒いパンプスのつま先の革が剝《は》げて白くなってきちゃったな、と思いながら鈴音が靴を履くのを見守った。

朝方に雨が降ったらしく、外廊下が湿っている。駐輪場から引っ張り出した自転車のサドルも。自転車を漕《こ》ぎ出した時、雨、と鈴音が言う。寝てるあいだに降ってたみたいね、でも今日は晴れるみたいよ、と前を向いたまま答える。前を走っていた学生の自転車が水たまりにつっこみ、派手な飛沫《しぶき》を上げた。

保育園に鈴音を送り届けてから、市役所に向かう。この前とは違う、ベテランふうの年配の女性が窓口に立っていた。用紙をもらいに来た時よりもずっとスムーズに、朱音の「緑の紙」は受理され、晴れ晴れとした気分で市役所を出る。

今日は有休を取っているから、このあとはなにをしてもよかった。ほんとうは、父の通院に付き添うつもりだったのに、父が突然「ひとりで行けるから」と言い出して、予定がぽっかり空いてしまった。

朱音には母の記憶がない。ごく小さい頃に病死したため、写真でしかその顔を知らない。きょうだいもいない。二十歳の時、バイト先のコンビニから帰宅したら父が台所で胸を押さえ、苦しんでいた。あの時のことを思い出すと、今でも手のひらがすっと冷たくなる。ひとりぼっちになってしまう、と思った。友だちがいないとか恋人がいないとか、そういうものとは質感も重量もまったく違う「ひとりぼっち」は、二十歳の朱音には重すぎた。

朱音ちゃんは孝行娘だね。昔から朱音と父を知る人は皆そう言う。派手なかっこうを好まないことも、父と家事を分担していることも、明日見市内で結婚相手を見つけたことも、すべて「親孝行」にカウントされた。孝行娘。それは子どもの頃からほめられることの少なかった朱音が唯一手にした勲章《くんしょう》だ。多くの人は見向きもしない勲章ではあるが。

マンションに戻っておかずの作り置きの準備をしておこうか。引っ越して以来まだ開けていない段ボールもある。ベランダの掃除もしたい。ありとあらゆる雑用を数えあげながら、それでも朱音の足は、自然と駅に向いた。

街路樹にはまだ朝方に降った雨の名残があった。しっとりと濡《ぬ》れた緑の葉が陽の光を受けて光っている。深く息を吸うと、排気ガスや埃《ほこり》に混じって草の匂いがする。夏に向かっていく世界の匂いだ。見ると、通りを歩く人びとはもう半袖の服を着ている。自分が身につけているパンツスーツが、ぶかっこうな鎧《よろい》に思えた。新しい服を買おう、と思った。もう何年もそんなことを思ったことがなかったのに、ごく自然に。服か、あるいは靴か。どちらでもいい。

大きな通りをすこし入ったところに、店がある。金持ちが趣味でやっているような雰囲気の店だ。小さな看板に小さな字で書かれた店名が、朱音には読めない。流麗な筆記体で記された、たぶん英語ではないどこかの国の言葉。ラ、なんとか。

ガラス張りの店内を覗き見たことはあるが、入ったことは一度もない。金色のふちどりのある、大きな鏡が置かれている。信じられないほど細い身体をした、若くない、とびきり美しい女性がひとり、ゆったりとした動作で洋服を畳《たた》んだり、客と話したりしている。おそらくは彼女が店主で、ひとりでやっているのだろう。他のスタッフらしき者の姿を見たことがない。

重たい扉を押して入っていくと、店主は「いらっしゃいませ」と微笑《ほほえ》んだ。壁の左一面にはいかにも高そうなブラウスやスカートがかかっている。やはり、場違いだっただろうか。目を伏せて通り過ぎた朱音は、けれども、吸い寄せられるように靴が飾られた奥の一角に近づいていく。

「靴をお探しですか」

おずおずと頷くと、猫足のスツールに腰掛《こしか》けるようすすめられた。店主は朱音の足元に跪《ひざまず》いて靴を数足並べる。ひどく分不相応なことをしている気がしたが、彼女は膝を折ったまま、丁寧にひとつひとつの靴の説明をしはじめる。

神戸の職人がつくっているという靴のヒールは、朱音が今まで履いてきた靴よりもずっと高い。でもしっかりと太くて、安定感がある。革はしっとりと指先に沿うようにやわらかい。バーガンディーという色の名を、はじめて聞いた。紫がかった暗い赤。あるいは赤みがかった濃い紫。どう表現するのが正解なのか朱音には判断がつかない。それでも、この靴をとても美しいと感じる。たぶん、いや確実に、今持っているどの服にも合わないだろう。値段だって、だいたいこれぐらいかな、と思っていた金額の倍以上する。でも足を入れたとたんに、欲しくてたまらなくなった。これはわたしの靴だ。そう思った。

「買います」

はっきりと、口にした。店主は笑みを深くして、大きく頷く。

「とてもよくお似合いです」

朱音はゆっくりと下を向く。おだてられて照れたわけではない。「わたしの靴」をもう一度じっくり眺めるために、下を向いた。

わたしの靴。これからはこの靴を履いて、どこにでも好きなところに歩いていける。


「ママのあたらしいくつ、かっこいいね」

帰宅してすぐに、鈴音は玄関の靴に気がついた。

「ありがとう。今日買ったんだよ」

かつてネットニュースで見た「妻の夫への不満ランキング」に「髪を切っても気づいてくれない」というものがあったが、宏明は朱音の変化にはすぐに気づく男だった。「髪切ったの？」「その服買ったの？」の後に、かならず「いくらした？」が続いた。予想より安くても高くても「お金あるんだねー」「そんなに稼いでるんだ？」とつけくわえられた。そういうところも嫌だったな、と遠くの風景を眺めるように思う。

些細なことがらをとがめる者がいない暮らしは、なんと気楽なことだろう。子どもとふたり暮らしになって物理的には余裕がなくなったはずなのに、心がこんなにも穏やかになるなんて。時間すら以前よりゆっくり流れていく。

食事をすませると、鈴音は雑誌の付録としてついてきたＤＶＤを見たがった。

「一回見たら、お風呂に入るよ」

「うん」

流れてくるテーマソングに合わせて歌いながら、皿を洗った。

鈴音の腕の傷に気がついたのは、お風呂のために服を脱がせている最中だった。数センチ程度だが、みみずばれになっている。

「これ、どうしたの?」

えっとねえ、と首を傾げる鈴音の説明は要領を得ない。

「えっと、お姫さま」

「なに?」

「お姫さまごっこした」

「誰と?」

「芽愛ちゃんたち」

「中原芽愛ちゃん? みんなでお姫さまになったの?」

「鈴音は犬」

「え?」

「お城で飼ってる犬」

前もそうだった。頰に傷をつけて帰って来た時も、中原芽愛ちゃんと遊んだと言っていた。先生に訊ねたが現場を見ていないとのことで、中原さんと直接話そうとしたが、なかなかタイミングが合わない。あまりことを荒立てるのも、とあきらめたが、やはり一度、話したほうがよさそうだ。

朱音ちゃんはなんだか強くなったね。お正月に再会した同級生に言われた言葉を思い出す。スーパーで偶然会って、その後二時間ほど一緒にお茶を飲んだ。最近どう、と問われて、離婚してひとりで子どもを育てようと思っていると話したからだろうか。彼女が発した「強くなった」は「中学の頃に比べて」という意味のようだったが、朱音自身はそうは思っていない。自分は強くなどない。昔も今も、強くありたいと願い、それを叶えようとはし続けているけれども。

＊

中学の頃、大樹がクラスの地味な男子をつかまえて、同じく地味な女子への手紙を書かせたことがあった。松なんとかとは違う、でも似たような女子のひとり。

「好きです、つきあってください、ＯＫなら放課後給食棟の裏に来てください」と書け、と大樹は命じ、男子はその通りにした。

放課後、給食棟の陰に隠れて彼女を待つ大樹とその友人たちは、当然のことのように莉子と美南を誘った。彼らはこれから起こるできごとへの期待に満ちた視線をかわしあい、忍び笑いを幾度ももらした。あいつ、来るかな。来るでしょ、と言い合う彼らを横目に、莉子と美南は「男子ってほんと馬鹿だよね」と呆《あき》れた。

来ないほうがいい、と思った。来るべきではない。でも、彼女はやってきた。うつむき加減の顔をほんのりと紅潮させて。手紙を書かされた男子の顔はひきつっていた。

「あの、手紙……」

彼女が声を発した時、大樹がこらえきれずに吹き出してしまった。それをきっかけに、なだれこむようにしてふたりの前に姿を現した。五、六人はいただろうか。ドッキリ成功、と誰かが言って、みんなどっと笑った。彼女はなにが起こっているか理解できていないらしく、ただかすかに口を開けて、棒立ちになっていた。その様子が、莉子を苛立《いらだ》たせた。

あんただまされたんだよ。からかわれたの。なにぼーっとしてんの？　そう言ってやりたかった。でももちろん、口には出さない。それを言うのは自分の役目ではないからだ。

莉子が思ったことは全部、大樹がもっとひどい言葉でばらした。それでもまだ彼女は突っ立ったままで、その鈍さに吐き気がした。怒るか、せめて泣けばいいのに。泣いて逃げ去りでもしてくれれば、いくら幼稚な大樹たちにだってわかる。自分のしたことの意味が。莉子の役目は「ちょっと、やりすぎだよ」と言ってあげることだ。王様の暴走をたしなめるという大切な役目。それなのに。

「……行くか」

鈍い反応にしらけて耳の裏を掻《か》く大樹とともに、その場を後にした。それからどうなったかは、よく覚えていない。

芽愛を寝かしつけて、ダイニングテーブルで缶ビールを呷《あお》った。ランドセルのカタログをめくる。再来年、芽愛は小学生になる。ランドセルのメーカーがつくっているランドセルを買ってやるつもりだった。ミサキカバン製作所という国内のメーカーがつくっているランドセルを買ってやるつもりだった。ミサキカバン製作所のランドセルは、ママ向けの雑誌で特集を組まれるほど人気がある。職人がひとつひとつ手縫いしていることと、他のメーカーにありがちな、キラキラしたラインストーンやエンブレムなどがいっさいついていないシンプルなデザインとシックなカラー展開がその人気の理由なのだった。

例年四月から受付を開始して、数週間後には予約でいっぱいになるという。芽愛が小学校に入るまで、まだ二年近くある。でも、年長さんになってからでは間に合わないかもしれない。今のうちから情報を集めておきたい。

ココアブラウン。ボルドー。ダークネイビー。ランドセルたちを指でなぞっていると、チャイムが鳴った。たて続けに三度、鳴らされる。芽愛が起きてしまう。苦労して寝かしつけたのに。音高く舌打ちして玄関に向かった。

「家の鍵、会社に置いてきた」

ははは、と笑う大樹の息は、うんざりするほど酒臭かった。芽愛たーん、と甘ったるい声を発しながら寝室の戸を開けようとするので、あわててとめる。

「やっと寝たとこだから」

「顔見るだけだって」

子どもの顔ぐらい見させてよ。莉子を押しのけ、ずかずかと寝室に踏み入る。ベッドで眠る娘をのぞきこんで、芽愛たん、芽愛たん、と連呼する。本人は囁《ささや》き声のつもりらしいが、存外大きかった。芽愛の顔がくしゃっと歪み、ひーん、という声を上げる。四歳になっても、眠りが浅い時の泣き声は赤ちゃんの頃と変わらない。

こんどは莉子が、大樹を押しのける番だった。背中をさすってやり、額にかかった前髪をはらってやる。五分以上もそうしていただろうか。芽愛がふたたび規則正しい寝息をたてはじめる頃には、大樹は寝室から消えていた。

浴室からシャワーの音が聞こえる。ダイニングテーブルにでんと置かれた鞄の端がランドセルのカタログを踏んでいた。知らないあいだに雨が降っていたらしく、鞄は少し濡れていた。カタログの上に大きなしみができている。苛立ちつつも意識の半分を浴室に向けながら、すばやくソファーの背に脱ぎ捨てられた上着のポケットから大樹のスマートフォンを取った。メッセージ、メール、通話履歴。確認する手順も決まっている。結婚した直後から続けている。最低の行為だ。それはもちろんわかっているけれども、そうせざるを得ない状況にこちらを追い込む大樹が悪いとも思う。わたしは悪くない。

今日はごちそうさまでした、からはじまるメッセージを見つけた。帰宅する前に読んだのだろうが、まだ返信はしていない様子だ。

今日はごちそうさまでした。せんぱい大丈夫でしたか？　また相談にのってくださいね。

名前は「光岡《みつおか》」という名字のみで登録されている。でもきっと、女だ。「せんぱい」と平仮名で書くのは、ピンクと黄色のアイシングのかかったクッキーの画像をアイコンにするのは、女に決まっている。

浴室の戸が開く音がした。あわてることはない。身体をふいて、髪を乾かすまでにはまだ時間がかかる。「光岡」のメッセージをさかのぼる。「出張のおみやげありがとうございました」とか「部長、今日は荒れてましたね。だいじょうぶでしたか？」などにたいして、大樹は「おー」「問題なし」といった短い言葉で返信している。そのそっけなさが、かえって関係の深さを示しているかのようだ。缶に残っていたビールを口に含むと、さっきより苦く感じた。スマホをポケットに戻して、飲み残しのビールをシンクに流す。タオルを首にかけた大樹は居間に入ってくるなり、はー、と大きく息を吐いた。

「誰と飲んだの？」

「あー、慶吾《けいご》と雅紀《まさき》」

大樹は即座に答えて、ソファーにごろりと横になる。慶吾と雅紀は中学時代からの大樹の親友だ。ふたりともまだ独身だからか、いまだに若い頃と同じように大樹を遊びに誘い、あちこち連れまわす。

雅紀は美南ともよく遊んでいるらしい。一度「いくら同級生だからって、相手が男じゃ、旦那さん怒るんじゃないの？」と美南に言ったことがある。

「誰と会った、飲んだ、って、そんなのいちいち旦那に馬鹿正直に報告するわけないでしょ」

美南の呆れたような声を思い出すと、酔いのせいで動きが鈍くなった身体がさらに重みを増す。のろのろと空き缶を水ですすいだ。

「ああ、そうなんだ。あいかわらず？」

あいまいな質問を投げかけると、また即座に「あいかわらずだよ」と答える。なにが「あいかわらず」なのかと確認もせずに。

「それより、あのね。最近うちのパソコンが調子悪いんだけど」

買いかえてもいいかと問うと、大樹は顔をしかめた。

「は？　もったいないだろ？　スマホあるし」

たしかに、たいていのことはスマホでこと足りてしまう。けれどもミサキカバン製作所のウェブ予約開始日はメーカーのサイトにアクセスが集中し、到達までにとても苦労するのだという。莉子としては、スマホとパソコンの二台態勢で決戦にのぞみたかった。

「ランドセルなんてどれも一緒だよ。ふつうにデパートとかで買えばいいだろ」

ふん、と笑う大樹は、なにもわかっていない。ミサキカバン製作所のランドセルでなくてはだめなのだ。実際に他のメーカーのランドセルと、どれほどの品質の差があるのか莉子は知らない。そんなことはどうだっていい。みんなが欲しがるあのランドセルだから欲しいのだ。できれば限定カラーを手に入れたい。入手困難なランドセルを芽愛に持たせるということ。それが莉子の考える、親としての愛情だった。大樹は「もったいない」と言うけれども、お金がない、というわけではないはずなのに。大樹はしょっちゅう遊び歩いている。ランドセルの購入費用は莉子の両親が出す。いやそういう問題ではきっとない。大樹ではなく「莉子が」パソコンを欲しがるのが気に入らないのだ。

「わたしは」

言いかけて、はっと口を噤《つぐ》んだ。大樹がハエを追い払うような仕草をして、その手が腕に当たった。痛くはなかったが、叩かれたように感じた。大樹から離れ、そっと腕をさする。

わたしはわたしはって自己主張ばっかりする女、俺無理なんだよね。いつだったか、大樹はそう言った。無理、という言葉を、大樹はよく使う。俺、じぇんだー？　がどうとか騒ぐ女無理、などと。自分の考えを持っている女、そしてそれを声高に主張する女はかわいくないと言う。

ここで寝ないでね、と念を押したにもかかわらず、大樹はソファーの上で寝息をたてはじめた。すこしずつたるみはじめた腹や、毛穴の開いた肌から目を逸らす。芽愛の寝顔を見た後では、必要以上に醜《みにく》く見える。

でも、大樹は王様だ。大人になった今でも。友人たちからの信頼も厚いし、会社の後輩からも慕《した》われている。浮気はされたくないが、他の女にもてなくなるのは嫌だ。だってみんなが欲しがる男でなくては、手に入れた意味がない。このままずっと王様でいてくれなくては困る。わたしは死ぬまで、王様の女でいたいから。

＊

難解な本を読んでいる時に、何度も残りのページを確認してしまう癖がある。指で厚みをたしかめて、ああまだこんなにあるのかと嘆息したりもする。朝、会社についた瞬間は、いつもそんな気分だ。タイムカードを押しながら息を吐《は》く。「一日」が、まだこんなにも残っているなんて。

同僚と挨拶を交わしながら、自分の席につく。電話の横のメモにも、卓上カレンダーにも、社名とロゴマークが印刷されている。メールを確認しようとしても、後輩から「チェックお願いします」と渡された原稿を読もうとしても、視線が文字の上をつるつると滑っていき、内容がまるで頭に入らない。

新卒でこの会社に入ったのはたまたまだ。「会社員」をやれるならどこでもいいとばかりにかたっぱしから受けまくって、最初に内定が出たのがこのマンション管理会社だった。広報部に配属され、今は分譲マンションの購入者向けに発行しているPR誌制作を専門にしている。同僚とこんなもの誰が読んでるんだろうなと軽口を叩きつつ、企画を考えたり取材に行ったりするのは、それなりに楽しい仕事だった。

楽しい仕事。以前はほんとうにそう思っていた。いわゆる「仕事ができる」というタイプではない、という自覚はあった。それでも社内外で「園田さんの文章って読みやすいですね」とか「取材先のかたが、園田くんの気遣いに感激してたよ」といった言葉をかけられるたび、全身にあたたかい湯のようなものが満ちた。これを人は自信とか自己肯定感とか呼ぶのだろうなと、そんなふうに思っていた。

今年の四月に組織再編がおこなわれ、いくつかの業務が本社から支社にうつされた。そのひとつが園田が所属しているPR誌制作のチームだった。全国に支社がある会社に入った以上、転勤はあると覚悟はしていた。けれどもまさか、自分の地元にある支社にチームごと引っ越しさせられるとは思っていなかった。

この街に戻ってきてから、「あたたかい湯のような」自信が目減りしていくのを感じている。通っていた中学校の前を通りかかったり親戚に出くわして「なんで帰ってきたの？」としつこく訊かれたりするたびにぐらつき、自分を満たしていたはずの湯が流れ出していく。しょせん液体だから、と思いながら机に片肘《かたひじ》をつく。すきまなく積み上げ固めた煉瓦《れんが》でもなく、頑丈な糸で織った布でもない。器を傾ければ容易にこぼれる。あるいはちょっと揺られただけでも。せめて住まいだけは遠くにと、市外に部屋を借りた。つまらない抵抗だ。ただ通勤に時間がかかるだけ。ばかばかしくて涙が出る。

園田はメモを手元に引き寄せ、ペンで小さな円を描く。いくつもいくつも、円が重なって不気味な黒いかたまりになるまで描き続ける。そうすると気持ちが落ちつくのだという。不登校になった時に何度か面談したカウンセラーが教えてくれた。手を動かすのよ、とにかく。そうしたらパニックがおさまる。そう言ったカウンセラーの顔も名前も、もう覚えていない。たぶん三十代ぐらいの女の人だったことと、静かな声の調子だけはしっかりと記憶している。書けたら、その紙をびりびりに破って捨てちゃえばいいよ、室井くん。

「園田くん」

記憶の声に、甲高《かんだか》い声が重なる。顔を上げると、高砂《たかさご》さんが腕組みして立っていた。小柄な女性なので、目の前に立たれても威圧感はない。部長という役職についているが、肩書で呼ばれることを嫌がる。自宅で飼っている三匹の猫のことを「娘たち」と呼ぶ。彼女について園田が知っていることは、それぐらいだ。

「お昼、一緒に行かない？」

時計を見るともう十一時四十五分だった。難解な本は自分がページをめくらない限り進まないが、時間は勝手に過ぎていく。どれほど無為に過ごしたとしても。

「なんか今年さ、涼しいよね」

「そうですね」

「六月って、もっと蒸し暑い季節じゃなかったっけ？　いや、蒸し暑くなってほしいわけじゃないんだけど、べつに」

財布を片手に廊下を進む高砂さんのあとをついて歩く。視線を落とすと、高砂さんの靴のかかとが目に入る。ヒールのない、ベージュの靴。子どもの足のように小さい。

以前にも一度入ったことのある中華料理屋の隅のテーブルで向かい合わせに座り、注文を済ませたのち、高砂さんがおもむろに「あれ、読んだけどさ」と切り出した。やはりそのことかと、園田は身構える。

ＰＲ誌には毎回、インタビューのコーナーがある。数年前まで「社会でいきいきと輝く女性」を紹介するというコンセプトだったのだが、高砂さんが「わざわざ女性だけを『いきいき』とか『輝く』とかって持ち上げて、それってどうなんでしょうね」と言い出して、以後は性別の枠を取り払った。

このコーナーに登場するのはおもに社外の人物だ。ただし自社のマンションにかかわる職業の人、と決まっている。前回は住人向けのイベントなどでやりとりのあるバルーンアーティスト、その前はリフォーム業者だった。今回はこの人でいくから、と渡された資料には「三谷不動産販売　営業　中原大樹」と記されていた。

中原大樹。特別めずらしい名前というわけではない。別人という可能性もあると思った。思うというよりは「別人でありますように」と祈っていたのだが、後輩の橋本《はしもと》を連れて向かった待ち合わせ場所に現れたのは、まちがいなくあの中原大樹本人だった。

おそらく相手は自分を覚えていないだろうと思った。あるいは覚えていないふりをするのではないかと。当時とは名字も違うし、こちらが知らないふりをすればそれで通せるのではないかと期待もした。しかし中原大樹は屈託《くったく》のない笑顔で園田に「え、室井？　めちゃくちゃひさしぶり。元気だった？」と笑いかけてきた。

「お知り合いですか？」

目を丸くする橋本に説明できずにまごついていると、中原大樹が勝手に「同級生だったんですよ、俺ら。中学の。な？」と説明した。立ち位置がもう少し近ければ、園田とガッと肩でも組みたそうだった。

「えー、すごい偶然」

橋本は驚いた時、口に手を当てるくせがある。きれいに塗った爪を見せつけるように、指をぴんとそろえて。

会社のみんなに「橋本ちゃん」と呼ばれている彼女はまだ二十代前半で、入社してすぐの頃から「かわいい」と評判だった。ああそうか、だから中原大樹はあんなにも愛想がよかったのかと、高砂さんと向かい合いながら、園田は今さらのように気がつく。

「やっぱり、だめですか」

「自覚あった？　なんていうか、ごめん、はっきり言うね。良くなかった。園田くんらしくないから、なんかあったのかなって」

湯気の立つトレイが運ばれてくる。園田は自分がなにを注文したのか、すこし前のことなのにもう思い出せなかった。目の前に置かれたトレイには高砂さんと同じ料理が並んでいた。エビチリとごはんとスープと、ガラスの器に盛られているのはたぶん杏仁豆腐。チリソースの赤さがやけに毒々しく感じられて、そっと目を背けた。

「橋本ちゃんに聞いたけど、取材相手の中原さんとは同級生なんだよね」

「そう、ですね」

「仲良かったんでしょ？」

中原大樹は橋本にたいして、さまざまなエピソードを話して聞かせた。「修学旅行の時俺財布落としちゃって、こいつが金貸してくれたんですよ、いいやつでしょ？」とか「こいつのこと好きな女子がいて、クラス全体でサプライズに協力しよーって盛り上がっちゃって、あの子あの時、みんなの前でお前に告白したんだよな。感動して泣いてた女子とかいて」と、うれしそうに笑っていた。

修学旅行で、中原はたしかに「財布を落とした」と園田に言った。でもそれはあきらかに嘘だったし、金を貸すなどとは言っていない。むりやりもぎとられただけだ。当然のごとく、その金は戻ってはこなかった。大勢の前で、口をきいたこともない女子に「好きです」と言われた記憶はあるが、それは中原大樹が言うようなものではなかった。あれは「ドッキリ」だと、あとで聞かされた。もちろん聞かされなくても、おおかた想像はついていた。彼らは「ドッキリ」が好きだった。園田ひとりがその被害にあったわけではないということも知っている。だからなんだ、とは思うが。

おれひとりが傷ついたわけじゃない。だから、なんだというのか。

「そうなんですねー。園田さんって会社ではすごく無口で、私生活が謎なんです」

「あ、こいつ引っ込み思案なんですよね。だから俺らもなんとか輪に入れてやりたくて、ちょっかい出してるみたいなとこありましたよね」

授業中に後頭部を、ちぎった消しゴムを当てるための的にされたこと。へんなあだ名をつけられたこと。鞄を勝手に開けられたこと。そのすべてが楽しげな笑い声とともにおこなわれ、園田が不登校になるまでそれは続いた。

今なら「自分はいじめられていた」と言えるが、当時は無理だった。被害者になるのは、みじめで恥ずかしいことだった。自分がいじめだと認めなければ、それらはなかったことになる。本気でそう思っていた。

取材の後、中原大樹はなぜ室井から園田姓になったのかとしつこく訊いてきた。なんで？奥さんの姓、名乗ってんの？　まさかの婿養子？　なにが「まさか」なのかと思いながら、経緯を説明することになった。横で聞いていた橋本はいったいなにを思ったものか、会社に戻る電車の中で、やけに神妙な顔つきで「園田さんって、複雑な家庭で育ったんですね」とわけのわからないことを言い出した。「ちっとも複雑じゃないよ」と答えながら、身体が電車のシートにずぶずぶ沈みこんでいくような気がした。湯は干上がって、一滴も残っていなかった。

「仲良くなかったです」

箸《はし》を割る手に力がこもりすぎて、指の腹が白くなる。スープに口をつけた高砂さんが園田を見た。

「え？」

「ぜんぜん仲良くなかったんです。あいつにいじめられてたんです」

中原大樹が語る「仕事のやりがい」や「妻子と過ごす休日」について、聞いているだけで吐きそうだった。

さんざん人を侮辱し、傷つけたお前が、どうして罰を受けることもなく、今も幸せに生きているのか。

そんなの、間違っているんじゃないのか？

「ねえ、園田くん」

高砂さんは口を動かしながら園田の顔をのぞきこんだ。チリソースが唇の端について、血のように見えた。

「べつにさ、殴られてたとか、そういうんじゃないんだよね？」

橋本ちゃんから聞いた感じではそういう印象を受けなかったんだけど、と高砂さんは眉をひそめる。

「気持ちはわかるよ。わかるけど、いつまでも引きずらないほうがいいよ」

中原大樹とその友人は、園田に肉体的な暴力をふるわなかった。便器に顔をつっこんだりも、人前でズボンを脱がせたりもしなかった。大金を要求されることもなかった。だからいじめではない、というのだろうか。中原大樹たちのターゲットはめまぐるしく変わり、自分以外の生徒に彼らの関心が向いている時には比較的平穏な時間を過ごせた、だからマシだったと思えと、そういうことなのだろうか。

「……そうですね」

記事、ちゃんと書き直しますんで。園田は短く言って、白飯の大きなかたまりを口にいれ、ほとんど噛みもせずに飲みこんだ。食事が半ばまで進んだ時、高砂さんのスマートフォンが鳴った。数秒程度受け答えしたのち、あわただしく席を立つ。テーブルに千円札を二枚置き「りょうしゅうしょ」と口だけ動かして園田に告げた。食欲はまるでなかったが、園田は料理を口に押しこみ続ける。

高砂さんにわかってほしかったわけではない。人間は他人の不幸にランクをつける。「いじめ」にもランクがある。生命を脅かされるいじめを一位として、園田のそれは、高砂さんにとってはランク外だった。中原大樹もあれはいじめなどではなく、「輪に入れてやりたくて」という好意に端を発した、愛のあるちょっかいだったと認識しているのだ。

「気持ちはわかるよ」。いつまでも被害者面をするなと、高砂さんは、ほんとうはそう言いたかったのだろう。

他人にわかってほしいなんて思わない。そんな期待はとうに捨てた、わかってもらえなくたって、生きていける。ならばなおさら、園田は中原大樹を殺したい。わかってくれない人たちは中原大樹を罰しない。だからやっぱり、自分こそが中原大樹を殺すべきなのだ。

会計を済ませ、店を出た瞬間に胃を素手で掴まれたような痛みを覚えた。身体が大きく傾《かし》いだ。踏ん張った瞬間に吐き気がこみあげてくる。屈みこむ直前、通りかかった若い男が大仰な動作で園田を避けて顔を背けて通り過ぎていくのが見えた。

こんなにも吐きそうなのに、吐けない。生唾と涙ばかり溢れてくる。肩で息をしながら、必死にこの吐き気をやり過ごそうとした。

「あの、これ」

目の前にハンカチが差し出される。園田に声をかけてきたのは、どうやら女であるらしい。

「お水かなにか、買ってきましょうか?」

声と、靴でわかる。

だいじょうぶです、と言いたいのに、声が出せない。園田は自分を心配してくれているらしい女の靴を見ている。赤みがかった、暗い紫色の靴。今日は他人の靴ばかり見ているな、と思ったらすこし笑えた。下ばかり向いて生きているから、そうなるのだ。

第三章

人の声には手触りがある。たとえば、液体のようにぬるりとこちらの意識に流れこんでくる感触の声がある。あるいは、麻の布のような心地よい感触の声。紙やすりのように不用意に触れたら指を痛める声や、暗い部屋に放置された陶製の灰皿のような、ひんやりした感触の声。

電話越しに聞くと、声の手触りはより顕著《けんちょ》になる。兄の妻の声はトレーシングペーパーだ。さらさらしていて、軽やかで。そしていつも、言葉の奥にうっすらと本音が透《す》けてみえる。

「聞いてる？　律くん」

「聞いてますよ」

転勤の多い兄と結婚した彼女の悩みは「友だちができない」ということだ。できてもすぐに離れて、疎遠になる。そのせいで話し相手がいないと言い、定期的に義理の弟である園田に電話を寄こす。

兄の妻は転居先でまっさきに書店と図書館の所在地をたしかめるような読書家だが、兄は本を読まない。「だから小説の話をしたい時には律くんに電話する」とのことだった。兄もそれで納得しているようだ。

そんな説明などなくても、兄が自分の妻と弟の仲を疑うことなど、きっとない。兄は他人にたいして格が上とか下とかそんなことばかり考えている男だから。考えるまでもなく、呼吸をするように判断するというほうが正確かもしれない。すくなくとも園田の目にはそううつる。この人は俺よりいい会社に勤めているから上とか、こいつが卒業した大学はどこそこだから俺より下、とか。はては持っている時計だとか財布だとか、園田にしてみればどうでもいいような基準もある。兄にとっては弟の律は下の下の存在で、下の下と自分の妻がどうにかなることなど、考えもつかない。

小説の話、と兄の妻は言うが、最近はもっぱら姪《めい》の話だ。兄の妻にとってはもっとも重要なトピックだろうし、園田と彼女の共通の知人といったら他には兄や園田家の人びとぐらいしかいない。彼らの噂をすれば角が立つが、姪の話なら安心だ。現在幼稚園の年中組に通っている姪がピアノを習いはじめたとか、離乳食を与えていた頃は大好きだったバナナをちっとも食べなくなったとか、そんな話なら角の立ちようがない。

園田はスマートフォンを持ち替えつつ、適宜《てきぎ》相槌《あいづち》を打ちつつ、仕事帰りに買ってきたものたちを眺《なが》めている。百貨店の名入りの包装紙と赤いリボンでラッピングされた真四角の包みの隣には、弁当が入った白いレジ袋がある。百貨店での買いものを済ませたあとに、たまには普段食べないようなものでも買ってみようかと地下の食料品売り場に立ち寄ったのだが、なにも買えなかった。居並ぶ客たちがそれぞれに発する「美味なるものを食したい」という情熱のようなものと、ガラスケースに陳列された色とりどりのサラダや巨大な肉の堂々たる佇《たたず》まいに圧倒され、額に汗が噴き出し、ほとんど後ずさりするようにして退散した。結局近所の弁当屋でいつもの弁当を買った。自分の部屋に帰りつき、玄関で靴を脱いでいた時に電話がかかってきた。もうすっかり冷めてしまっているだろうが、べつにかまわない。どうせ食欲などないのだから。

兄の妻の話はまだまだ続く。姪が本を読みたがらないと言う。赤ちゃんの頃から毎晩読み聞かせをしてあげているのに、と不満そうだ。

「どんな本なら興味を示してくれると思う？　ていうか、律くんってその頃なに読んでた？」

あんまり覚えてないけど絵本とか童話でしょうね、と答えながら、なぜこの人はこんなにも自分の娘を「本を読む子」に育てたいのだろうと思う。園田は「本を読む子」だった。保育園の遊戯室の棚、小学生になってからは図書室の棚から、同じ本を繰り返し抜き取っては何度も読むタイプの子どもだった。

母は本というものは一度読んだらそれで終わりだと思っており、そんなものをわざわざ買うのは金の無駄だと主張した。父は絵本を眺める息子を「辛気臭い」「暗い」と茶化すような男で、父が不在の時期には兄がその役割を担った。弟は漫画なら読むようだがそれは十代の頃までの話で、今はどうなのかわからない。ここ数年ほとんど会話がない。

子どもの頃の園田が本の世界にのめりこんだのは、現実に心もとなさを感じていたからだ。家族とも友人とも肝心なところで言葉が通じなかったが、本の中の人とはちゃんと言葉が通じた。作者は自分のことなど知らないはずなのに、たしかに自分に向けられた言葉が並んでいた。虚構には、現実よりもたしかな手ごたえがあった。

でもそれは幸福なことではなかったかもしれない。姪がこの先も本を読まずに生きられるなら、それはそれですばらしいことだ。だいじょうぶ、と園田は言った。いくぶん声を大きくして。兄の妻にたいしてというよりも、今電話の向こう、兄の妻と同じ屋根の下にいる姪に向けて、言ったつもりだった。

「背もさ、かなりちっちゃいほうなんだよね、園の中では」

しかし、兄の妻の話題はいつのまにか変わってしまっていた。それで思い出したけど律くんって中学生ぐらいの頃と比べて見た目が激変してるよね、と笑っている。「それで」と言われても、途中を聞き流したせいでその話になった経緯がまったくわからないまま、園田は「そうですね」と相槌を打つ。

社会人になってから兄と知り合った彼女は、中学生の頃の園田とは会ったことがない。兄のアルバムで写真を見ただけだ。園田は小・中のあいだ、学年でいちばん背が小さかったし、ちょっと太ってもいた。身長が急激に伸び、痩せはじめたのは、高校に入学してからのことだった。ふっくらとまるく、「いつまでも赤ちゃんみたいな顔して」とからかわれた頰が削いだように細くなり、肉に埋もれていた鼻は、じつは意外と高いことがわかった。久しぶりに会った親戚から「整形でもしたの」と驚かれるほどの変貌ぶりだった。

「でも、見る人が見れば変わってないんだと思いますよ」

中原大樹は、すぐに園田に気づいた。そのことを思うと、なにも食べてないのに胃の中のものが逆流するような感覚をおぼえる。

ようやく通話を終えたが、どうしても冷え切った弁当の蓋《ふた》を開ける気にはなれず、百貨店の包みを手に取った。

財布から名刺を取り出して、隣に置いてみる。道端でうずくまっていた園田にハンカチを差し出してくれた女の名は、佐々木《ささき》朱音という。「そのハンカチ、差し上げますから」と立ち去ろうとするのをなんとかひきとめて名刺を渡し、連絡先を訊ねた。

ハンカチを洗って返すだけというのはいかにも気の利かない男のようで、似たような、けれども同じではないデザインのハンカチを選んで買った。

赤紫の靴に灰色のパンツスーツを身につけていた佐々木朱音。はじめて会ったような気がしなかった。彼女の声が不登校の時期に世話になったカウンセラーの声によく似ていたからだろう。人の声には手触りがある。長いこと触れることのなかった声に、ふたたび出会った。もちろん、ふたりが同一人物でないことはわかっている。ちゃんとわかっている、と思いながら、それでも園田はもう一度佐々木朱音の声が聞きたいと願う。

たしかなものがほしい。湯のようにこぼれたり、あふれたりしないたしかなものを、自分の内側に置きたい。佐々木朱音のことはなにも知らない。でも彼女が、彼女の声が自分にそれを与えてくれるような、すくなくともそれを手に入れることのできる場所に導いてくれるような気がしてならない。

明日電話をしよう、かならず。

*

「佐々木さん、園田さんって人から電話」

社長から言われた時、「園田」が誰なのか、とっさに思い出せなかった。ちょっと考えてからようやく、「ああ、あの人か」と思い出したが、もう顔は忘れている。そもそも園田はずっと俯いており、顔の造作がよくわからなかった。震える手で名刺を差し出され、頑《かたく》なに拒《こば》むのも悪い気がして、求められるまま朱音も自分の名刺を渡した。

社長の視線を感じながら、自分の席の電話の受話器を持ち上げる。この会社に勤めはじめてから、自分あてに電話がかかってきたのははじめてのような気がする。

会社、と口にする時、いつも戸惑う。いちおう法人組織なので間違ってはいないのだが、実際は個人商店のようなものだから。社長と、社長の「秘書」という肩書を与えられているが要はただの雑用係である自分のふたりだけだ。社長の妻もいちおう役員として登記されてはいるのだが、彼女はこの「オフィス」にはほとんど出てこない。朱音は、社長がこの部屋を「オフィス」と呼ぶことにも気恥ずかしさを感じる。事務所ではだめなのだろうか。入り口に置かれたリースの観葉植物やマット、鍵付きのキャビネット。社長の会社ごっこにつきあっているだけのような気がしてくる。

「お電話かわりました、佐々木です」

園田はハンカチを返したいという。あらためてちゃんとお礼を言いたいから、と。いえもうほんとに、お気持ちだけで、と何度も言ったが、相手は粘《ねば》る。

会社の電話で長話をすることに耐えられず、今日の午後に会社の近くで会うことを承諾した。どのみち、今日の午後は半休をとっている。

「用事があるので、その前のすこしの時間なら」

朱音が言うと「ありがとうございます」と、電話の向こうの声が弾んだ。

「お友だち？」

社長は自分の椅子の肘掛けにゆったりと両腕を預けている。ほとんどの電話は朱音がとるのに、こんな時にかぎって社長が出てしまった。

二十八万円。社長が椅子に腰掛けるたび、朱音は思う。自分がこの会社に入ってから購入した備品のほとんどの金額を、朱音ははっきりと覚えている。二十八万円。自分の月給よりも高い椅子。

「ちょっと前に偶然会った人で。私用電話なんかして、すみません」

「いいんだよ。気にしないで。ただめずらしいなあ、と思っただけ」

組んだ両手の上に顎《あご》を載せて微笑む社長が着ているスーツは、椅子よりもさらに高い。このあいだ領収書が会社の書類に紛れこんでいた。これは経費にはなりません、とつきかえすと、心底残念そうに「そうだよね」と頷いていた。

社長がこの会社を興したのは、十年前だという。家具や雑貨の輸入代行とネイルサロンの経営がおもな事業で、ネイルサロンは「ずっと家にいても退屈なの」とごねる自分の妻のためにはじめたものだ。実店舗には行ったことがない。週に一度預かるいいかげんな領収書の束と日々の売り上げの記録から、経営不振ぶりを窺い知るだけだ。

朱音の仕事はおもに経理全般と社長のスケジュール管理と、その他の雑用諸々、といったところだ。この事務所が入っているビルは一棟まるごと社長の所有で、他のフロアのテナントから入る賃料の管理もある。輸入代行の売上よりも、不動産関係の収入のほうが多い。ビル一階のブックカフェはテナントではなく社長がオーナーをつとめる店だ。「このあたりにはちょうどいい、品の良いカフェがない」という社長の妻のひとことでつくったらしい。朱音はこの会社に入って、世の中にはあくせく働くことなく軽い思いつきで商売をはじめられる人間がいる、ということを思い知らされた。

コンビニのバイトを経て、宏明と結婚し妊娠するまで、朱音は『山路《やまじ》つけもの』という会社に勤めていた。会長も社長も専務も工場長もみんな「山路」という名字だった。敷地内につけもの工場があり、事務所の中はいつもすっぱいような、もわっとする空気が漂っていた。妊娠した時、すぐに産休と育休について相談したら、はっきりとしぶい顔をされた。うちみたいな小さい会社でそれは厳しいわー、とのことだった。厳しいわー、と言われても法律で決まっていると主張すれば産休も育休も取得できたのだろうが、工場のおばさんたちがよってたかって「あたしらは産気づく当日まで働いたよ」とか「子どもおぶって出勤した人もいたよね」とか、いったいいつの時代かと思うような話を毎日してきて、これは胎教に悪すぎると思い、自主退職したのだった。

朱音がここに採用されたのは、書類選考の段階で社長の妻が「この人がいいと思う」と指名してくれたからだと聞いている。その時は自分が履歴書に書いた「簿記一級」を筆頭とする資格の数々を見てくれたのだと思っていたが、実際の決め手は写真だったらしい。この人ならば夫とまちがいをおこすこともなかろう、と彼女は判断したと言う。採用された直後に呼ばれた社長宅でのホームパーティーで聞いた。正確には「あの人って、ほら、面食いじゃない？」と言っていた。だから佐々木さんならだいじょうぶかなって、と。

もちろん朱音に言ったわけではない。社長の妻は直接そんなことを言ってくるほど無神経でも愚《おろ》かでもない。ただ、朱音がトイレに立った時に友人たちに向かって話しているのをぐうぜん聞いてしまっただけだ。愉快《ゆかい》ではないが、腹も立たない。そういうことには慣れているし、わたしとしてはお給料さえもらえればべつにどう思われてたってかまわないんだから、と朱音は思っている。思うことにしている。

十二時に会社を出た。休みをとっているのは保育園の英語参観に行くためだった。保育園には週に一度、近くの英語教室の先生が出張レッスンにやってくる。そうして時々、そのレッスンの成果を保護者に見せるための参観日があるのだ。英語参観は十四時からはじまる。その前にどこかで食事も済ませたい。園田律の話が長くなりませんようにと願った。

会社のすぐそばの公園のベンチで、園田は待っていた。顔はよく覚えていなかったが、全体の雰囲気は記憶していた。背中をやや丸めるようにして座っている姿を見て、あらためて「淡い」という感想が浮かぶ。「(顔立ち、あるいは印象が)薄い」とも「(線が)細い」というのとも違う。良く言えば、透明感がある。生身の人間なのに、いわさきちひろの絵のようだ。

小学校の保健室の壁には、いわさきちひろのカレンダーがかかっていた。あの頃、教室にいるのが辛くなると、いつも仮病をつかって保健室に行った。

生身の成人男性なのに子どもを描いた水彩画のような園田は、朱音に気づいてベンチから立ち上がった。

「お忙しいのに、すみません」

「いえ」

座りませんか、とベンチを差される。ふたたび腰をおろした園田は、リュックからふたつのものを取り出した。ビニール袋に包まれた朱音のハンカチと、正方形の包み。形状からして新しいハンカチであろうと想像がついた。お借りしたハンカチを汚してしまったので、と園田は申し訳なさそうに眉を下げる。広げてみたが、べつにシミが残っているわけでもない。

「洗っても洗っても、きれいにならない気がして」

朱音は相手の顔をじっと見返す。借りをつくりたくない人なのかもしれない。ならば、ここは頑なに拒むよりあっさり受け取ったほうがいい。礼を言い、包みを開けた。園田が「お詫び」として選んでくれたハンカチには、黄色い紡錘《ぼうすい》形がいくつもプリントされている。

「かわいい。レモン柄ですね」

「えっ、それレモンだったんですか？」

園田は驚いたように目を見開く。

「なんだと思って買ったんですか？」

「いや、てっきり、ただのいびつな水玉かと」

いびつな水玉、と繰り返して、朱音は小さくふきだした。朱音につられたのか、あるいは照れ隠しなのか、園田もかすかに肩を揺らす。

「ありがとうございます。ハンカチをもらうの、ひさしぶりです」

小学生の時、転校していく子は最後の日にクラス全員に贈り物をする、という習わしがあった。たいていはハンカチだった。

「……うらやましかったんです、わたし、その」

ハンカチにプリントされたレモンの輪郭《りんかく》を撫でながら、なんでこんな話をしようとしているんだろう、と思った。なんで赤の他人相手に、いきなり。小学校の保健室のことを思い出したせいかもしれない。

なんでもないです、と打ち消そうとしたが、園田があまりにも真剣な顔でこちらを見ているので、しかたなくふたたび口を開いた。

「……その子たちが、うらやましかった。ここから出ていけるんだ、いいな、わたしもどこかに行きたい、って思ってたんです。その頃は」

「その頃は？」

「今は、もう、そんなふうには思わないので」

ここではないどこかでならリセットできる。そのままの自分を受け入れてくれる世界がどこかにきっとある。そう信じられるぐらいに幼なかった。それでよかったのだと今では思う。だって当時の自分には、とてもではないが耐えられなかっただろうから。わたしはわたしから逃れられない。その事実を知ったら、きっと身を捩《よじ》って泣いただろう。

朱音が通っていた小学校の学区内にはパルスの社宅があった。あ、だから転校生が多かったんだ、と今更のように納得する。

その校舎は、真上から見ると鉤括弧《かぎかっこ》のような形状をしていた。廊下をつきあたって左に進んだ先には教室がひとつだけあった。二階には理科室、三階には図書室、四階には音楽室だ。それらの教室は、廊下にいる教師からも子どもたちからも死角となる。

後頭部に感じる音楽室の窓ガラスの冷たい感触を、朱音はまだ鮮明に記憶している。冬だった。身体をぎゅっと押しつけられると、桟《さん》の部分が背中に食い込んで痛かった。さかさまに見る空は、コンクリートみたいな色だった。飛べ、と彼らは言った。飛ーべ、飛ーべ。節をつけて、何度も、歌うように。みんな楽しそうに笑っていた。「死ね」ではないところに狡猾《こうかつ》さを感じた。誰かの耳に入っても、なんとでも言い訳ができる。

どうかしましたか、という園田の声が遠くから聞こえる。今いったいどんな顔をしているのだろうと朱音は思う。どんな顔を、この人にさらしてしまっているのだろう。正午過ぎの光に包まれた公園で、朱音の周囲だけがいつまでもぼんやりと薄暗い。

＊

ままー。みて。ままー。芽愛の声は、いつだってすべてひらがなで聞こえる。ちょっと待って。莉子は顔も上げずに、皿を洗い続けた。ちょっと待って。一日に何回ぐらい、この言葉を口にしているだろう。芽愛が寄ってきて、スカートをひっぱる。

「やめて、服がのびるから」

あのね。まま、これね。あのね。ぷりんせす・せしるのね。みてこれ。芽愛はかまわず喋り続ける。やめてって言ってるでしょう。低い声を出すと、ようやく黙った。芽愛は絵を描くとかならず「まま、みて」と見せにくる。

テーブルの上に目をやると、朝食の皿にはほんのふたくちほどしかかじっていないパンが残されていた。

「朝ごはんの途中でお絵かきしないで！」

芽愛の顔から笑いが消える。よじのぼるようにして椅子に戻り、パンを口に押しこむのを確認してから、壁の時計に目をやった。家を出る予定の時間まで、あと二十分もない。

朝ごはんを途中で切り上げさせ、歯を磨かせる。髪をふたつ分けに結ぼうとしたら「ぷりんせす・せしるのかみにして」とせがまれた。女児向けのアニメの主人公である、プリンセス・セシル。サイドを編みこんでアップにする髪形を時間のないこのタイミングで、やれと言うのか。だめだよ、と低い声でたしなめても、芽愛はしつこかった。莉子の腕をつかんで、せしる、せしる、と連呼する。

「うるさいっ」

叫んだら、うつむいてべそべそ泣き出してしまった。

「もう……いい加減にしてよ！」

去年まで気に入っていた、くまちゃんがついているヘアゴムで結んであげても、芽愛の機嫌は直らない。ひったてるようにして、マンションの部屋を出る。

廊下を進むのも、エレベーターに乗りこむ動作も、舌打ちしそうになるほど芽愛はのろかった。気にくわないことがあると、いつもこうなる。保育園ではいつも自分より小さい子の世話をやきたがるというし、よその子と比べたらしっかりしていると思うけれども、こういうところはどうにかしてほしい。

「えいご、えいごさんかん」

ひっくひっくとしゃくりあげながら芽愛が言うのを聞いて、ようやく思い出した。保育園では毎週一度、英語のレッスンがある。市内の英語教室から講師を派遣してもらい、保育の時間内にレッスンをおこなっているのだ。もちろんその教材代等は保育料に含まれている。その英語のレッスンの参観が、今日の十四時からおこなわれるのだった。すっかり忘れていた。

去年も見たが、おもに講師の発する英単語を園児が復唱したり、英語の歌に合わせて踊ったりするだけの退屈な内容だ。一度園に送って、時間を置いてまた見に来なければならない、というのも億劫だ。欠席しようかと考えたが、芽愛からあとで「まま、どうしてこなかったの」と責められることを思うと、それもまた鬱陶《うっとう》しい。

片手にゴミ袋を持ち、子どもの手を引くのはただそれだけで、骨が折れる。大樹はけっしてゴミを出してくれない。これから仕事へ行くという時に、ゴミなんか触りたくないのだと言う。へんに潔癖なところがあるのだ。

今にも雨が降り出しそうな空だ。傘《かさ》は持っているけれど、傘をさして歩くのは好きではない。空も道路もぜんぶ灰色で、道行く人もなんだかくすんで見える。

「梅雨ってやだよね。ママ、じめじめしてるのって大嫌い」

芽愛はことさらに大きくしゃくりあげただけで、返事をしない。

子どもの体温は高い。つないでいる手が汗ばむ。視線を落とすと、芽愛の濡れた長い睫毛《まつげ》が目にとまった。白桃のような頰。なんてかわいいんだろうと思ったら涙ぐみそうになった。

いらいらさせられることも多い。金切り声を上げずにいられない時も。けれどもそれは、子どもが愛しくない、ということとイコールではないのだった。アニメの主人公の髪形を真似なくたって、芽愛はじゅうぶんにお姫様だ。明るい場所にいるのがふさわしい子だ。この子が進んでいく先々では、きっとつぎつぎとドアが開いていく。ドアを開けてくれる誰かが現れる。頭上で祝福の鐘が鳴り響く。かつての莉子がそうであったように。ドアの取っ手に手をかける程度の手間すら要せず、生きていける。だって、こんなにかわいいのだから。

「ほら、もうすぐつくよ、芽愛たん」

角を曲り保育園が見えてくると、芽愛がふたたび涙をぼろぼろとこぼしはじめた。また悲しくなっちゃったの、と声をかけても、なにも言わない。玄関に立っていたゆり先生が気づいて、駆け寄ってくる。

「どうしたの、芽愛ちゃん」

「なんでもないんです。ちょっと、朝」

髪形のことでもめたと説明すると、ゆり先生は腰をかがめて芽愛と目線を合わせた。

「そっかー、今日は英語参観でママたちが来るから、かわいくしたかったんだね」

背後から「おはようございます」と声がして、ふりかえると鈴音ちゃんとそのママが立っていた。鈴音ちゃんが芽愛に近づく。

「泣いてるの？　だいじょうぶ？」

うつむいて答えない芽愛の顔を、鈴音ちゃんはなおものぞきこもうとする。

「行こ」

芽愛は鈴音ちゃんが差し伸べた手を乱暴にふりはらって園に入っていった。

あーあ、と溜息が出る。芽愛ではなく、鈴音ちゃんにたいして。空気が読めない人って、こんな小さい頃からこうなのか。芽愛は今ほうっておいてほしいのに。この子、将来きっと苦労するんだろうな。

「中原さん」

鈴音ちゃんのママが、莉子の名字を呼んだ。芽愛ちゃんのお母さん、でなく。ずいぶんなれなれしい。

「あの、今ちょっとよろしいですか」

鈴音ちゃんのママが眼鏡を押し上げる。やはり昔の同級生によく似ている。顔だけでなく、どんよりと重たい雲のような、対峙《たいじ》する相手を苛立たせる、この雰囲気も。なにかとてつもなく面倒くさいことを言われそうな予感がして、バッグを持つ手に力が入る。

仲良くなりたいんじゃない？　美南の言葉がよみがえって、ぷつぷつと肌が粟立《あわだ》つ。あの子も、あの子も、あの子もそうだった。仲間に入れてほしそうに莉子たちを見ていた、あのじっとりした目。

「すみません、ちょっと急いでて」

鈴音ちゃんのママの脇をすり抜けるようにして園を出た。背後で鈴音ちゃんのママがなにか叫んだような気がしたが、よく聞き取れなかった。

家に帰るのも面倒で、英語参観がはじまるまでの間、適当に外で時間を潰そうと思った。ひとまず、近くのカフェに入ることにする。

子どもの保育園の行事を「めんどくさい」と感じるのはいけないことなのだろうか。子育てに関する愚痴をこぼすと、実家の母はいつも莉子をたしなめる。こんなにかわいいのに、と。大樹の文句を言うと、今度はほとんど叱るような調子になる。そういう人と結婚したのはあんたでしょう、と。望んでした結婚。望んで得た子ども。耐えられないほどの不満ではない。でも時々思う。なにもかもほったらかしにして逃げたら、すっきりするかもしれないと。

莉子は一度もこの街を出たことがない。旅行にもほとんど行ったことがない。どんな土地にも興味が持てない。憧れるのは、逃げるという行為そのものだ。きっと重たいコートを脱ぎ捨てるように、すっきりするのかもしれない。空想の中で、莉子は誰かに手をひかれている。君は、と誰かが言う。君はこんなところにいるべき人間じゃない。どうして？　頭の中でいつのまにか、そう答えている。どうして？　わたし今じゅうぶん、幸せなんだけど。好きな人と結婚して、子どももいて、友だちもいる。

いいや、君はここよりももっともっと素晴らしい場所にいるべき人なんだ、と男が言う。はてしなく広がっていくようだった空想は、店員がテーブルに紅茶を置く音で遮断《しゃだん》された。かたちばかりの会釈をして、紅茶に口をつける。今しがた運ばれてきたばかりなのに、やけにぬるい。

わたし、なに考えてるんだろう。いい歳して空想にひたるなんてばかみたい。自分を戒めるように、軽く唇を嚙《か》む。こんなの、まるで欲求不満のおばさんみたい。

英語参観はやっぱり欠席しよう。そう決意して、莉子はぬるい紅茶をまたひとくち飲んだ。

保育園から電話があったのは、十五時ちょっと前のことだった。

芽愛が鈴音ちゃんに怪我をさせたらしい。目の上を切って、血が出たという。お友だちとトラブルを起こしたのは、はじめてではない。けれども今までは、連絡帳に書いてあるだけだった。わざわざ呼び出されたことで、ことの重大さを知る。大樹に電話をかけたが、つながらない。どうしていいかわからないが、会社に電話をかけることはさすがにためらわれた。メッセージを送って、返信を待つ。ひとりで保育園に行きたくない。

「女親って、なめられるんだよね」

姉がいつか、そう言っていた。姉には小学生の子どもがふたりいる。学校にクレームを言う時でも、自分ひとりの時と夫婦そろっている時では、教師の対応がまるで違うという。

なめられたくない。バカにされる側には一生、まわりたくない。しばらく待ったが、大樹からの返信はない。大きく息を吐いて、家を出た。保育園の部屋をのぞくと、芽愛はいつもどおり遊んでいた。ふだんと変わらない様子に思える。鈴音ちゃんの姿は見えない。鈴音ちゃんのパパが病院に連れて行ったとのことだった。

「たいした怪我ではないはずですが念のため、と仰《おっしゃ》って」

莉子に説明するゆり先生の表情はかたい。今までに一度も足を踏み入れたことのない小部屋に通された。扉には大きなガラスがついている。棚にずらりと並んだファイル、救急箱、それらの備品の一部のようにして、鈴音ちゃんのママが座っていた。莉子に向かって、軽く頭を下げる。

「英語参観の後で、芽愛ちゃんがとつぜん泣き出したんです。鈴音ちゃんが心配して声をかけました。そしたら芽愛ちゃんがいきなりつきとばして」

そこまで言って、ほんの一瞬、泣きそうな顔をする。頰に吹き出物のあとが残っている、ゆり先生。仕事熱心だけどちょっともっさい感じするよね、といつか美南と笑い合った。それにしても、どうしてこんな部屋に通されたのだろう。廊下を保育士や保護者がしょっちゅう通りかかる。さりげなさを装いつつ、興味津々で覗きこんでいるのが一目瞭然だ。

「ほんとうに、すみませんでした」

頭を下げて、五秒数えた。顔を上げると、鈴音ちゃんのママと目が合った。一重のまぶたは重たげで、ほとんど眠そうにすら見える。

「……えっと、芽愛はちょっと気が強すぎるというか、女の子なのにそんな乱暴なことして。ほんとに……あとでよく叱っておきます。女の子なのに顔に傷つけちゃって、ほんとに、あの、すみません」

「気が強い、ということと、だから暴力をふるう、ということは別だと思います」

鈴音ちゃんのママがきっぱりと言う。

謝ったのに、なんで？　それが、最初に思ったことだった。頭を下げて謝ってるのに、まだ難癖つけてくるの？

「女の子だから乱暴なことをしてはいけない、女の子なのに顔に傷つけちゃって、というのも違うと思います。男でも女でも乱暴はだめです」

ゆり先生がこくこくと頷くのを、視界の端で捉えた。なにこれ、と口の中で呟く。二対一ではないか。

「芽愛ちゃんが鈴音ちゃんを『けらい』と呼んでいるところを、何度か見かけたことがあります。犬みたいにあつかってるところも」

ゆり先生が口を挟んでくる。その頃、子どもたちのあいだで『プリンセス・セシルごっこ』がはやっていたので、たまたま家来や犬の役を割り当てられたのかもしれないと思い、様子を見ていたと、そこまで言ってゆり先生が鈴音ちゃんのママを窺う。プリンセス・セシルのアニメに家来も犬も出てこない。でもそれは、今はぜったいに口にすべきことではなかった。

「このあいだ、お迎えの時に芽愛ちゃんがわたしに言いにきました。すずねちゃんってなんでもいうことぎくんだよ、って」

それは、と反論しかけて、口の中がからからに渇いているのに気づいた。唇をなめて、言葉をさがす。

「鈴音ちゃんが芽愛たちの仲間に入れてほしくて自分からその役をかってでている、ということではないんですか？」

だったらもう、しかたないですよね？　ほんとうはそう言いたかった。本人が望んでやってるんだよ。たぶん芽愛と仲良くなりたくて必死なんだよ、あんたの娘はさ。

「悪気があってそういうことをしてたわけじゃないと思います」

芽愛はいい子だ。それに、まだ四歳だ。なにが良いことでなにが悪いことなのか、わかっていないのだ。

「中原さん」

鈴音ちゃんのママの静かな口調がおそろしい。おそろしい、と感じる自分を恥じる余裕は、今の莉子にはない。

「悪気があるとかないとか、どうでもいいんです。良いことと悪いことの区別がついていないというなら、子どもが子どもを家来にするのはおかしなことだと、今こそ教えるべきではないですか。そのことを一度お話ししておきたくて、今朝も声をかけたのですが」

「ちょっと、ちょっと、待ってください」

なんか大袈裟《おおげさ》じゃないですか？　莉子の声は、金切り声に近かった。大袈裟だし、なにより言っている意味がわからない。

「は？　おおげさ？」

鈴音ちゃんのママが小さな目をめいっぱい見開く。白目の下のあたりがわずかに充血していた。

「だって、子ども同士だし……」

莉子のことを美南に訊ねていたという、鈴音ちゃんのママ。今朝話しかけてきたのも、莉子と仲良くなりたいわけではなかったのだ。そのことになぜかひどく打ちのめされていた。

鈴音ちゃんのママがはっきりと自分の考えを口にすることにも。昔教室にいたあの子ならこんな時、ぜったいに口ごもっていたのに。あの子も、あの子も、あの子も、こんな時には、おどおどと上目遣いをするだけで精一杯だった。

「失礼ですが、今までお家《うち》で芽愛ちゃんとそういうお話をされたことは……」

これには思わずむっとした。話ならたくさんしている。

「お友だちとは仲良くするようにって……いつもそう、話してますけど……」

おともだち、と平べったい発音で言った鈴音ちゃんのママの瞳が、莉子をまっすぐにとらえた。

「わたしは鈴音には『誰とでも仲良くしなきゃいけない』と教えてません。だって相性が悪い、気が合わない、ということは子どもにも大人にもあるから。ただ合わない相手でも攻撃したり排斥《はいせき》したりすることなく、親切に接するようにと伝えてきました。その結果が芽愛ちゃんに必要以上にかまうことに繋がったのかもしれなくて、反省しています」

なにが言いたいのかぜんぜんわからない。なぜこんな話を聞かされなければならないのか。この人の教育方針なんかどうでもいい。いったい、これ以上なにをどうしてほしいのだろう。

ずきんと脈打つこめかみを押さえる。なんだか、頭まで痛くなってきた。

「お友だちと仲良くしなくていいよ、って言っちゃったら、それこそめちゃくちゃになると思うんですけど……そんな話は、もっと大きくなってからでじゅうぶ」

「子ども相手と大人相手で言うことが違う親は、信用してもらえないと思うんです」

ずきん、ずきん、と痛みは次第に大きくなる。この人、こわい。はっきりとそう思った。こわいっていうか、しつこいし、きもちわるい。ちゃんと謝ったのに、なんで？

「ちょっと、すみません」

廊下に出て、大樹の番号を呼び出す。三度繰り返しかけて、ようやく不機嫌そうな「もしもし」という声が聞こえた。あやうく涙ぐみそうになる。

「ねえ、さっき送ったの読んだ？　ねえ、芽愛が」

「俺、仕事中なんだけど。つまんないことで電話してくんなよ」

「つまんないって……」

しっかりしろよ、母親だろ。その言葉を最後に、電話はぷつりと切れた。スマホを耳に当てたままぼうぜんとしていると、小部屋の扉が開く。

「だいじょうぶですか？」

ゆり先生と鈴音ちゃんのママが廊下に出てくる。ふたりの心配そうな表情に、全身の血が逆流しそうになる。なんでそんな顔ができるの。だいじょうぶですかって、あんたたちがわたしをここまで追いつめたんじゃないの。そう喚《わめ》いてやったら、どんなにすっきりするだろう。

　気がつくと、廊下の先でお迎えに来た保護者の何人かが、こちらを見ていた。その中に、美南もいた。莉子が見たことがない年長組の保護者の誰かと、口もとを手で隠すようにして喋っている。美南に耳打ちされて、その女は笑った。女が莉子を見る。美南の唇が「うける」というかたちに動いたのがわかった。廊下を歩き出すと「中原さん」という声が背後で聞こえた。莉子は振り返らなかった。すれ違う瞬間、美南はごく自然な仕草で莉子から目をそらした。気づかなかったふりをして、芽愛を迎えにいく。うちの子は悪くない。自分に言い聞かせるように思う。そうでもしないと身体が動かない。芽愛もわたしも悪くない。芽愛は屈託なく「まま」と抱きついてくる。

まだそこに残っていた保護者たちの間をすり抜け、ようやく玄関にたどりつく。あえてゆっくりと靴を履く。全員の視線を背中に感じる。こんな注目のされ方には慣れてない。外はまだまだ明るい。光に目が眩《くら》んで、前がよく見えなかった。あたたかく明るい闇の中に、莉子は芽愛の手をしっかりと握りしめながら足を踏み出す。

第四章

浴室から漏《も》れ聞こえるシャワーの音に、歌声が重なる。芽愛の笑い声も。今から十数年前に大ヒットした歌だ。高校生の頃みんなでカラオケに行くと、大樹はかならずこの曲を選んだ。

「大樹って歌がうまいよな」

「そこらのアイドルになら余裕で勝てる」

みんなそんなふうに言っていたし、莉子も同意していたけれども、ほんとうは歌う大樹が苦手だった。歌がうまいことを鼻にかけているように見えた。気取った声の出しかた、マイクの持ちかた、視線の配りかた、数え上げればきりがないが、とにかく莉子を気恥ずかしくさせるに十分な歌いっぷりだった。

だから、なるべく直視しないようにしてきた。歌う大樹を。もっと言えば、そんなふうに感じてしまう自分の心も。

おととい鈴音ちゃんのママに芽愛のことで因縁《いんねん》をつけられたことは、どんなに目をそらそうとしても「なかったこと」にはなってくれない。気を抜くと、勝手に再生される映像のように何度も記憶が襲ってくる。鈴音ちゃんのママの理屈っぽい口調。なぜかちょっと泣きそうになっていたゆり先生。泣きたいのはこっちだ。そして電話で聞いた大樹の声。つまんないことで電話してくんなよ。つまんないことで。

つまんないことで。

歌声はまだ続いている。一生守る。一生幸せに。そんな歌詞だ。いかにも大樹が好む歌だ。いざという時に女を守れるのがほんとの男らしい男だろと話しているのを聞いたこともある。でも「いざ」とは、いったいどんな時なのだろう。妻からの助けを求める電話すら拒むのに。

ダイニングテーブルには夕食の皿や茶碗がまだそのまま残っている。今日はめずらしく大樹の帰宅時間がはやかった。芽愛もまだ起きていた。退屈そうに頬杖をついてぬり絵をしていたのだが、ドアの開く音を聞きつけるなりぱっと顔を輝かせ、すぐに色鉛筆をほっぽりだし、「ぱぱ」と玄関に走っていった。

「ただいま、芽愛」

軽々と娘を抱き上げ、やさしく笑いかけた。芽愛はすっかりはしゃいでしまい、いつもは莉子と入るお風呂にも「ぱぱとはいる」と言ってきかなかった。その光景を眺めながら「わたしは幸せだ」と思った。あらかじめ用意されたセリフを読み上げるようにそう思った。わたしは幸せなんだ。すごく、恵まれているんだ。

大樹の食べ残しで汚れた皿を見ている今の莉子には、なんのセリフも用意されていない。ただ無言で見つめるほかない。大樹は魚の食べかたがへたで、箸でつつきまわしてぐちゃぐちゃにしてしまう。

皿を片付けるのをやめて、莉子はテーブルの上に置かれた大樹のスマートフォンを手に取った。風呂に入る直前までやりとりしていたようで、メッセージアプリを開くまでもなく、画面が表示される。


来週、たのしみにしてます。


光岡という女からのメッセージが最後だった。莉子はその画面を、自分のスマートフォンで撮影する。なんのためかはわからないが、とりあえずそうしておいたほうが良いように思った。カードは一枚でも多いほうがいい。

光岡という女のメッセージはひらがなが多くて馬鹿っぽい。大樹は頭のいい女とはつきあわない。馬鹿にされるのがなによりも嫌いな男だから、自分よりものを知っているような女は「小賢《こざか》しい」「うるさそう」と見向きもしない。

ちゃんとわかっていた。だからこそ、ずっとずっと気をつけてきた。すでに知っている話でも、大樹の口から出れば即座に「そうなんだ」「知らなかった」と目を丸くしてみせた。知っていることでも知らないふりをするのは処世術であると教わってきた。

ほんとうは知っているのだから、わたしは頭が悪いわけじゃない、むしろ良いほうだ。そういう自負が、莉子にはある。学校の成績はたしかに良くなかった。でもそれは勉強をしなかったからだ。母は「女の子は勉強なんかしなくていい」と言った。頭の切れすぎる女は、そしてそれをひけらかす女はかわいくない。かわいくないと愛されない。愛されないと幸せになれない。だからずっとできることでもできないふりをしてきただけだ。

でも、ほんとうにそれでよかったのだろうか。

わたしは、わたしが望んだとおりに、幸せだろうか。

あらためて自分に問い直したところで、洗面所から聞こえてくるドライヤーの音が止んだ。舌打ちしてスマートフォンをもとの位置にもどし、芽愛のために麦茶を用意する。

麦茶を飲み終えた後「まだおきてる」と粘る芽愛に歯磨きをさせ、なんとか寝室に連れていく。ぜんぜんねむくないと言いはった割には、すぐに規則正しい寝息をたてはじめた。お風呂ではしゃぎ過ぎて疲れたのかもしれない。

「あー疲れた。子どもとの風呂ってあわただしいよな」

台所に戻ると、首からタオルをかけた大樹が冷蔵庫の扉に寄りかかってビールを飲んでいた。

「仕事、忙しいの？」

莉子の問いに、大樹は頷く。「それがさー」と言いかけたが、そのまま黙りこんでスマートフォンを弄《いじ》りはじめた。皿を片付けながら、莉子は大樹の話の続きをしばらく待った。

「あの、『それが』なに？」

え、と顔を上げた大樹の口が半開きになる。

「だから、『それが』どうしたの？　会社でなにかあったの？」

「いや、いいよ」

「えー、教えてよ。気になるんだけど」

「や、だって」と呟いた唇の片端が持ち上がる。視線がこちらに向くことはなかった。

「お前に言ってもわかんないでしょ」

なにそれ、話す前からわかんないって決めつけないで、と言おうとした。険悪な空気にならないように、笑いながら、いつものように、軽やかに言おうとした。でも実際は、ただ喉の奥からいかにも苦しげな息が漏れただけだった。

「……そうだね。そうだね。たしかに。たしかに」

そうだね。たしかに。大樹に同意を示すための言葉たちは、かつては鎧だった。傷つかずに済むための。深く考えずに済むための。鎧は今になって軋《きし》み出し、嫌な音を立てる。皮膚にきつく食いこみ、呼吸を苦しくさせる。

光岡って女になら話すの？　そう言ってやったら、どんな顔をするだろう。言いたいが言わない。言えないのではない。カードは慎重に切るべきだ、だから。

きつく唇を噛みながら、莉子は皿を洗いはじめる。手荒れ防止のためにつけるゴム手袋にいつのまにか小さな穴が開いていたようで、じわじわと指先を濡らしはじめる。

もしスマートフォンを見られていると気づいたら、大樹はロックをかけるだろうか。

そうかも、と思うし、そんなわけない、とも思う。大樹はそんなことをしない。きっと、堂々としている。言い訳すらしないだろう。浮気？　してるよ？　それがなに？　と開き直るに違いない。そんなもの、正直さとも誠実さとも違う。見くびられているだけだ。

結婚直前にも一度、大樹は浮気をしたことがある。だからわかる。その時は相手の女が莉子に会いに来て、それで発覚した。女は莉子に「大樹くんと別れてください」と迫った。わたしたち本気なんです、と目を血走らせて。

大樹はあの時、なんと言ったのだったか。そうだ、「本気なわけないだろ」だ。ほんの遊びのつもりだったと。莉子と休みが合わず、会えない日が続いたからさびしかったのだと、まるで原因が莉子にあるかのように言いつのった。

「莉子お前、まさかこれぐらいのことで別れるとか言わないよな？」と笑いながらも、瞳の奥が不安そうに揺れていた。そのことに気づいたからこそ、許した。なんだかんだ言っても大樹がほんとうに愛しているのはわたしなんだと自分に言い聞かせ、許してあげることにした。今思えば、それが大樹をこんなふうに増長させることに繋がったのだろう。

夫から見くびられているのは不愉快だが、離婚したいとまでは思わない。皿洗いを終え、脱衣所で服を脱ぎながらそんなことを考える。芽愛が生まれてからは、ひとりで入浴する機会がほとんどなかった。ひさしぶりにゆっくり入れてうれしいはずなのに、なぜかシャツのボタンを外す指の動きがやたらと鈍い。

離婚はしたくない。だっていろいろとたいへんだろうし、今や珍しいことではないとはいえまだまだ世間のイメージも良くないし、みんな反対するに違いない。

大樹の両親や弟たちとは中学の頃からの知り合いだ。よく家に遊びに行っていたから。大樹には姉妹がいない。「莉子ちゃん、莉子ちゃん」と娘のようにかわいがってくれた、あの優しい人たち。莉子の両親だって、大樹のことをとても気にいっている。

離婚したいなどと言えば、きっとわがままだと誹《そし》られる。芽愛がかわいそうだと叱られる。それだけじゃなくて、「我慢が足りない」とか、「あなたにも悪いところはあったんじゃないか」とか、責められるに違いない。想像しただけでうんざりだ。

いちばんの理由は、芽愛を悲しませたくないということ。あの子から父親を奪うなんてそんな、そんなこと、とてもできない。

だから、死ねばいい。

離婚するぐらいなら、大樹に死んでほしい。突飛な考えだとは思わなかった。だって大樹が今死ねば、莉子は誰からも責められずに自由になれる。こんなにすばらしいことがあるだろうか。

浴室の鏡にうつる自分の身体はまだじゅうぶんに細くて美しいが、二十代の頃よりもすこしだけ丸みを帯びているような気がする。美南のようにみっともなく太ってはいないが、それでもすこしだけ、線が崩れつつある。ほんのすこしだけだ、と言い聞かせるように思う。わたしはまだじゅうぶんにきれいだし、きれいなうちに、自由を手に入れるべき。

莉子ってさ。以前、美南が笑いながら発した言葉がよみがえり、それを打ち消すように乱暴にシャワーの栓をいきおいよくひねった。迸《ほとばし》る湯を額で受けとめながら何度も頭を振ったが、美南の声はしつこい汚れのように耳の奥にこびりついて離れない。

「莉子ってさ、大樹しか男知らないんだよね」

憐れむように薄く笑った美南の唇の端には、たしかその時食べていたいちごパフェの赤いソースがついていた。軽い胸のむかつきとともに思い出す。

大樹しか知らない。それがなんだ。べつに恥ずかしいことじゃない、と思おうとする莉子の目尻に、湯だか涙だかわからないものが溜まって落ちた。

莉子が大樹とはじめてそういうことをしたのは中学生の時だった。そのはじまりかたも行為そのものも、けっして莉子が望んだものではなかった。

あの日のことは、なるべく思い出さないようにしている。明確な理由はない。しいて言えば、わざわざ思い出すほどのことではないから、だ。大樹の背中にいくつも吹き出物があったこと。痛くて泣いたら「しらける」「萎《な》える」と言われて必死に我慢したこと。翌日、慶吾と雅紀がにやにやしながら「どうでしたか？」と訊ねてきたこと。

美南が何人の男を知っているのかは知らないが、あんなものを経験と呼んで多いとか少ないとか言うのは馬鹿げていると思う。

大樹のことは好きだし、だから許したのだし、でも結婚した今も、あの行為はやっぱり好きになれない。

大樹の葬式の様子を想像してみる。集まった人が泣く光景と、喪主の挨拶をしている自分の姿。十代の頃からずっと一緒でした、と自分は弔問客に向かって話すだろう。中学一年の夏からつきあいはじめました、一緒に花火を見に行きました、同じ高校に行こうと約束しました、大樹の成人式のスーツはいっしょに選びました、思い出のすべてに大樹がいます……。

あきらかに湯とは違う濃度の液体が、莉子の頰をとめどなく流れ落ちる。大樹の死を想像しただけでこんなにも泣けるということは、まだすこしは愛しているという証拠なのかもしれない。

だからこそ大樹には今すぐ死んでほしい。死んでほしい、と声に出したらシャワーの雫《しずく》が舌の先を打った。死んでほしい。わたしが、こんなふうに泣けるうちに。

テレビから、おしどり夫婦として有名だった俳優夫婦の離婚報道が流れている。朝食の時間はいつも教育番組にチャンネルを合わせるのだが、今朝はそれを忘れていた。

芽愛はフレンチトーストをつつきながら、画面をじっと見ている。

「あ、ハッピーちゃん見ようね」

芽愛の好きな教育番組のキャラクターの名を出しても、返事もしない。リモコンを手にした莉子の腕を押さえるようにして「りこんはたいへん」と言う。息が止まりそうになった。

この子はなにか勘付いているのだろうか。莉子は平静を装《よそお》いながら、リモコンをテーブルに置く。でも、そもそも芽愛は「りこん」の正しい意味を理解しているのだろうか。

「りこんはたいへん、だよね」

まじめくさった顔で繰り返す。

「なあに？　どうしたの？」

微笑もうとするが、うまくいかない。

「ゆりせんせいたちいってた」

芽愛はフォークを握りしめて、画面に視線を戻す。カラフルなセットの中で、神妙な顔つきのコメンテーターがなにか喋っているが、今はどうでもいい。

「すずねちゃん『りこん』したんだよ」

鈴音ちゃんがママとふたりで「おひっこし」をしたという。名前からすると「ささきすずね」ちゃんのままらしいが、芽愛の説明が断片的で状況がよくわからない。鈴音ちゃんが、じゃなくて鈴音ちゃんのパパとママがってことだよね、と確認したが、芽愛は話すことに飽きてしまったのか、勝手にリモコンを手に取って、チャンネルを変える。番組のテーマソングに合わせて小さく歌い出した。

芽愛を保育園に送り届け、その足でカフェへ向かった。以前行ったことのあるブックカフェだ。棚にあるのは写真集や詩集、外国の小説ばかりで、一度も手に取ったことはない。両脇に読書する客が座るとなんとなく居心地が悪いのだが、いつものファミリーレストランにはもう行けない。美南と鉢合わせするかもしれないから。

それにしても、離婚か。運ばれてきた紅茶を飲みながら、また朝芽愛が言ったことについて考える。どうしてそんなことになったのだろう。あの冴えない夫が浮気でもしたのだろうか。まさか。

かわいそうな鈴音ちゃんのママ。今頃いろんな家庭で、あるいは保護者のあいだで「鈴音ちゃんのパパとママのりこん」についての噂がなされているのだろうと思ったら口に運びかけた紅茶の表面が揺れて、知らず知らずのうちに笑っている自分に気がついた。だってそんなの笑うしかないでしょ、と胸の内で呟いたら、澄んだ。難癖をつけられた時からずっと曇っていた心の一部がすっきりと澄んで、視界が晴れた。

あの人はえらそうに親としてどうとか言ってたくせに、自分の家庭ひとつ守れないんだ。わたしはそんなふうにはならない。胸の内で呟いて、紅茶を飲み干す。離婚なんて、ぜったいしない。でも、このままの結婚生活を続ける気もない。これから一生馬鹿にされながら生きていくなんてまっぴらだ。

まずは仕事を見つける。「お前に言ってもわかんないでしょ」なんて、二度とあんなふうに笑わせない。今までずっと大樹に合わせてあげていただけで、ほんとうのわたしは馬鹿でも弱くもないんだってことをわからせてやらなくちゃ。わたしにふさわしいのは愛や祝福であって、嘲笑なんかではないってことを。

顔を上げた莉子の目に、バイト募集のはり紙が飛びこんでくる。あ、運命かも。そう思ったら、すずしい風が吹きぬけたように感じられた。

雲に届くように高く飛べ、と言った人がいた。昔の話だ。ずっと昔の話。理由もなく思い出しながら、朱音は名刺の束を眺める。眺めている場合ではないのだが、なんとなくやる気が起きない。

＊

さきほど社長があわただしくやってきて「これ、整理しといて」と置いていった名刺の束を手に取り、また机に置く。もともと、社長は出張に直接行く予定になっていた。木工家具の職人に会いにいくらしい。「とてもいいものをつくる子なんだよ」とうれしそうに頰をゆるめていた。三十代の男性を「子」と呼ぶ。社長にはそういうところがある。

「あとそれから、一階のこと」

あわただしく身支度を整えながら、社長はそうも言った。事務所のことはオフィスと呼ぶのに、一階のおしゃれな英語の店名を持つブックカフェのことは、なぜか「一階」と呼ぶ。

「バイト募集のはり紙、前のやつ破れちゃったらしいから、新しいの届けといて」

それはもう、すでに済ませた。名刺の内容を管理ソフトに入力し、もとの名刺はファイリングする。ただそれだけの業務なのに、手をつける気になれなかった。こんなにも集中力に欠けている時には、ふだんなら考えられないようなミスをするに違いないから。

集中できないのは、中原さんのことを考えてしまうからだ。朱音はあの日から繰り返し繰り返し、叫び出したいほど激しい自己嫌悪に襲われ続けている。

じつを言うと、中原さんに言葉を向けている時とても気分がよかった。隣でゆり先生が頷くたび、さらに気分がよくなった。

もちろん「中原さんと直接話がしたいんです」とゆり先生に訴えた時点では「やりこめてやろう」とか「言い負かしてやろう」などという気持ちは一切なかった。鈴音を守ろうと、必死だった。ほんとうに、ただそれだけだった。

それなのに、わたしときたら。抱えている頭の重みに耐えきれずに、机の上で肘がずるずると滑って、名刺の角にあたる。

ろくに言い返せない中原さんを「あなた、普段なんにも考えてないんですね」と嗤《わら》ってやりたい気持ちすら持った。そんなのって、最低だ。最低の低の低だ。頭を抱えたまま「わーわーわー」と叫びたくなる。

集中できないまま、終業時間になった。鈴音を迎えに行ってから父のアパートに向かう。

朱音たちを出迎えた父は、生成りのエプロンをしていた。エプロンには赤や緑の絵の具の染みがあちこちについている。おじいちゃん、と鈴音が抱きつき、父はやさしくその頭を撫でる。

「紙芝居をね、つくっていたんだ」

「ああ、紙芝居」

父の言葉を繰り返した舌の先が、苦いものを味わったように痺れている。

市内にあるお寺のボランティア活動に父が参加するようになってから、もう十五年以上になる。お供えのお菓子やジュースを近所の子どもに配付するというのがボランティアのおもな活動で、ほかにも地域の子どもたちに宿題や遊びを教えたりしているらしい。学のない父は宿題を教えることはできないが工作は大の得意で紙芝居のほかにも竹トンボや万華鏡や輪ゴム銃をつくってお寺に持っていく。

父はボランティア活動を楽しんでいる。そのことについては朱音もよかったと思う。よかった。そのお寺の住職が浜田《はまだ》先生だということ、それ以外は。

父は手を洗い、「食べていくだろ」と冷蔵庫からハムと卵を取り出し、炊飯器を開けた。炒飯でもつくるつもりなのだろう。

「仕事はどうだ」

卵を溶きながら、父が朱音を振り返る。鈴音は畳の上に広げられた紙芝居に見入っている。「さわっちゃだめだよ」と釘を刺すと、父が「鈴は勝手にそんなことしないよ、な」と笑った。

「仕事は、相変わらず」

「保育園の他のお母さんたちとは、うまくやってるか」

最近はあれだろ、難しいんだろう、そういう、あの、お母さん同士の、父が言葉を濁す。ママ友的な話？　と問いかえすと、父はなぜか恥ずかしそうに視線をさまよわせながら、そうそう、と頷いた。

「それはだいじょうぶ。わたし、そんなのいないから」

「そんなのって、お前」

昔、バイト先で同僚の男性と些細なことで口論になって、「そんなんだから友だちいねえんだよ」と捨て台詞を吐かれたことがあった。図星だったけど、当時は「だからなに？」とひらきなおっていた。だからなに？　友だちがいないからなんだって言うの。

小学生の頃、数名の男子にいじめの標的にされたことがあった。容姿のことをしつこくからかわれたり、椅子を蹴飛《けと》ばされたりした。図書室で借りた本を読んでいると奪い取られて、キャッチボールがはじまった。泣きながら「やめて」「返して」と頼むと、もっとひどくなった。彼らは女も男もおかまいなしだった。反応がおもしろいかどうかがすべてだった。朱音の前はすぐ泣く男子が標的だったが、その男子が転校して以来、もっぱら朱音が被害を受けることになった。

女子たちは遠巻きに眺めるか、時折仲間に加わるか、笑っているかだった。父に打ち明けたら「男の子は好きな子をいじめるって言うから……」と言われ、比喩ではなく目の前が暗くなった。好かれてなどいない。ただ彼らの行き場のない暴力性のはけ口にされているだけなのに、父はまったくわかっていない。それで朱音をなぐさめたつもりなのだから、なおさらたちがわるかった。

「友だちは、助けてくれないのか?」

朱音が黙っていると、父は「助けてくれるような友だちはいないのか?」と微妙に質問を変えた。娘の沈黙を、父は肯定と受け取った。

「お母さんがここにいたらなあ。生きててくれたらなあ」

目尻に溜まった涙を拭きながら、大きく息を吐いていた。

朱音にとっての母は「最初からいない人」だった。だから「ここにいたら」という仮定についていては考えられない。生きてたらなんなのかと、母は神さまかなにかだったのか、そこにいるだけで状況を一変させるような力でも持っていたのかと言いたかったが、じっと黙っていた。黙って、自分の左腕を覆う白い包帯を眺めていた。

四階の音楽室で「飛べ、飛べ」と言われた数日後に、ほんとうに飛び降りてやったのだ。押されたわけではない。自分からよじ登り、窓の桟を乗り越えた。二階だったから死にはしないと思った。事故がおきればさすがに無視できない。その可能性にかけた。クラスメイトも、担任の先生も、わたしについて無視できない。

飛ぶのはこわかった。でも今のままでいるほうが、もっとこわかった。目をぎゅっとつぶり、飛び降りる瞬間に窓の桟がぎしりと嫌な音を立てたのを、地面に叩きつけられた直後に見た空が曇っていたことを覚えている。朱音は腕を骨折し、学校を休んだ。飛び降りてから三日目の夕方に、浜田先生が訪ねてきた。浜田先生は学年主任と呼ばれる先生だ。担任は五十代の女の先生だった。クラスで人気のある子や勉強や運動ができる子は下の名前で呼び、そうではない子は名字にさん付けで呼んでいた。

担任の先生はずっと学校を休んでいるという。朱音へのいじめの事実については「知らなかった」「気づかなかった」で押し通している。だから自分が代わりに来たと説明する浜田先生は小太りで、背が低かった。子どもたちにはあまり人気がなかった。全員のことを下の名前にさん付けで呼んでいた。

「散歩にいきませんか、朱音さん」

やってくるなりそう言った浜田先生は、朱音がついてくると信じて疑わない足取りで歩き出した。しかたなくアパートの鍵を閉めて、そのあとをついていった。工務店に勤めていた父は現場に出ていて、留守だったから。

「鍵を持っているんですね」

「はい」

わたしの母の田舎は九州の山奥なんですが、と浜田先生は歩きながら言った。「ぼく」と呼ぶのが似合いそうな浜田先生は、常に自分のことを「わたし」と呼んでいたが、朱音の耳には「ワタシ」とカタカナじみて聞こえた。

「その町には玄関に鍵をかける習慣がないんですよ。家にいる時に鍵をかけると、近所の人が『開かない』と言って怒るんだそうです」

いったいなんの話をしているのか。顔も知らないあんたのお母さんの田舎のことなんか今どうでもいいんですけど、という苛立ちをこめて、つまさきで地面を蹴った。そんな朱音を横目に、浜田先生はゆっくりとした口調で続ける。

「鍵をかけるのはなにか隠しごとをしているからだとか、周囲の人を信用していないからだと思われるようです。でも隠しごとなんか、誰にでもあるに決まってますよね。どうして隠しごとをしてはいけないのでしょう」

どうせ「学校に来い」と言いにきただけのくせに関係のない鍵の話なんかして、と睨みつけたが、浜田先生は朱音から一定の距離を保ったまま歩き続け、一方的に喋るのをやめない。

「わたしの実家はお寺をやっています」

浜田先生は、来年の春には先生ではなくなるという。

「実家の寺を継《つ》ぐんです」

先生じゃなくてお坊さんになるから、もう関係ありませんですか、そうですか。だったら、なんで来たの？　と思った瞬間に、浜田先生が振り返った。

「朱音さんはシンヤさんとユウスケさんとゴウキさんから精神的または肉体的な暴力の被害を受けています」

受けていますか？　ではなかった。

「小学生の男子はみんなバカで単純であると多くの人は言いますが、わたしはそうは思いません。狡猾で陰湿《いんしつ》な男子もいます」

そのとおりだ、と叫びそうになった。男の子はバカだから。幼稚だから。やんちゃだから。いじめられることよりも、彼らがそうやって「だから、しょうがないよね」と許され続けることが許せない。

「このことを家族の人に話しましたか」

「話したけど」

父の言葉をそのまま伝えると、浜田先生はちょっと眉をひそめて、それから頷いた。父は泣き、それから怒り、学校に行きはしたが校長だか教頭だかに言いくるめられて帰ってきた。

「わたし」

言いかけたら、熱いかたまりがせりあがってきた。泣くまいと思った。泣いたら喋れなくなる。ぜったい泣かない。今は。今だけは。

「わたし、こわかった」

窓から飛べと言われて、すごくこわかった。ほんとうに嫌だった。すごく嫌だった。誰も助けてくれなかった。みんな黙ってた。わたしのことが見えてないのかと思った。それもこわかった。ほんとに嫌だった。悲鳴のような朱音の声に、浜田先生は何度か頷いた。

「犀《さい》の角のようにただ独り歩め」

「は？」

「知ってますね」

「なんですか?」

浜田先生がなにを言いたいのか、やっぱりちっともわからなかった。サイノツノ? 朱音をじっと見てから「知りませんか」と残念そうな顔をした。

「誰になにを言われても、きみは飛び降りちゃいけなかったんです」

どうせなら、と呟いた浜田先生の指が持ち上がって、空を指した。芋虫みたいに太くて不格好な指で、見ているとわけもなく泣きたくなった。

「飛び降りるのではなく、飛びなさい」

雲に届くように高く飛びなさい。きみには翼があるんです。それだけ言うと、浜田先生は帰ってしまった。

その後の数日間、学校を休んでいたあいだになにがあったのか、朱音は知らない。ただ、ひさしぶりに登校すると、もうあの男子たちは朱音に近づいてこなくなっていた。女子から遠巻きにされる状況は、卒業まで変わらなかったけれども。犀の角のようにただ独り歩めという言葉に再会したのは、それから五年以上も経ってからだった。図書室で、たまたま開いた『ブッダのことば』という本に書いてあった。

思ったより長いあいだ、ぼんやりしていたらしい。父に「できたぞ」と声をかけられて、はっと我に返る。卓上に湯気の立つ皿が三枚、並べられていた。

「浜田先生、元気?」

食器棚からスプーンを取り出し、朱音は問う。ほんとうはたいして興味がない。

「元気だよ。朱音ががんばっててうれしいって。このあいだ、保育園の運動会の写真を見せたから」

「べつにがんばってないけど」

わたしの離婚のことも話したの？　と訊こうとしてやめた。話したに決まっている。父は浜田先生になんでも話すのだから。

雲に届くように高く飛べ。きみには翼がある。それは要するに「ひとりで生きていけ」という意味だったのだろう。これから先、お前を助けてくれる人間などいないと浜田先生は教えてくれたのだ。「きみはひとりじゃない」なんて言われなくてよかった。だってそんなのは、嘘だから。

誰かと仲良くなっても、依存はしないこと。群れから外れても堂々としていること。友だちがいないと恥ずかしい、なんていう考えは捨てること。

倚《よ》りかかるとすればそれは椅子の背もたれだけ、と書いた詩人がいた。二十代の頃には、その詩を手帳に書き写して持ち歩いていた。そうした言葉ばかりを鎧のように身にまとって今日まで来た自分は、ある種の人にはとても嫌われる。「かたくな」とか「他人を信用してなさそう」と陰口を叩かれることもあるし、「強いね」と呆れ気味に遠ざかっていく人もいる。

自分のありかたは、他人を傷つける。だから不用意に人と深く関わらないようにしていた。それなのにああやって、中原さんに嫌な思いをさせた。自分が言ったことが間違っていたとは思わないが、だからといってあれは、あれは、言い過ぎだ。朱音の後悔はいつまでも続いて、翌朝になっても消えなかった。午前中の仕事のあいだも。

今日はお弁当をもってこなかったので、どこかで昼食を調達してこなければならない。近くにできたベーカリーはどうだろうか。このあいだ社長が「あそこに売ってる三日月のかたちのパンがおいしいんだよ、塩加減がちょうどよくて」と言っていた。

ベーカリーに到着してみると、行列が長くのびていた。細長く狭い店であるがゆえに、入店制限をしているらしい。並んでいるのは女性ばかりだった。彼女たちの手には財布だけ、あるいはちいさなバッグだけがある。列に並ぶあいだもずっと楽しげに喋っている姿を異国の祭りかなにかのように眺める朱音の背後から「佐々木さん」と声がかかった。

「こんにちは」

振り返ると、スーツ姿の男性が立っていた。

「ええと、園田さん」

数秒かけてその名を思い出し、口にする。

「パン、買うんですか」

間の抜けたことを聞いてしまった。園田は「は？　パン？」と怪訝《けげん》な顔をしている。列の先を見て、ようやく意味を理解したようで、「いえ、ぼくは……」と首を振った。

歩いていたら朱音を見つけたから、声をかけただけだと言う。

「ああ、そうですか」

そう答えたところでちょうど順番が来て、朱音は「じゃあ」と頭を下げて店に入った。お昼に食べるぶんだけと思っていたが、並んだパンを見るとあれもこれも欲しくなる。つぎつぎトングで摑んで、トレイにのせたらすぐにいっぱいになってしまった。

店を出ると、園田はまだそこに立っていた。わたしを待っていたのかな、と思ってから、ああそうか会話の途中だったからだな、と思い直す。たいした話じゃなかったのだし、さっさと行ってしまってもいいのに、律儀な人だ。

「ぼくも買おうかな」

ガラス越しに、パンの棚など眺めている。

「いいんじゃないですか」

「それで、公園で食べようかな」

園田が朱音をちらりと見る。これは「一緒にどうですか」と誘われているのだろうか。そういう意味だろうか。でも勘違いだったら恥ずかしい。自意識過剰かもしれない。ぐずぐず考えたあげく、三日月形のパンを取り出して園田の手に押しつけた。

「これ、あげます」

「え」

「食べてみておいしかったら買えばいいと思いますよ」

「え、や、でも」

じゃあ、と背を向けて歩き出す。パンを買う前よりいくぶん心が軽い。罪滅ぼしをしたような気になってしまっている。園田に親切にしたところで、中原さんを傷つけたことをチャラにできるわけではない。こんなに簡単に楽になってはいけない、と自分に言い聞かせながら、朱音は事務所への道を急ぐ。

*

やはり、毒殺だろうか。

中原大樹のあとをついて歩きながら、そんなことを考えた。中原大樹は園田よりもずっと身体が大きい。身長はそうかわらないが、横幅が違う。運動神経。力の強さ。おそらくどちらも園田はあの男に劣る。絞殺や刺殺では逆にねじ伏せられてしまう。ここはやはり毒だ。

問題はどこで毒を手に入れるのかということ、そしてどうやって毒を盛るか、ということだ。「どこで」のほうは、がんばればなんとかなるのではないかと思う。知らないけど、なんとかなりそうな気がする。自分が「なんとかしよう」と思いさえすれば。たとえば、まあ、インターネット的なもので。

しかし「どうやって」のほうは少々問題だ。食事に毒を混入させる機会を窺う必要がある。まずは中原大樹の生活を知りたい。

たとえば、行きつけの店とか。中原大樹のような男には「行きつけの店」がかならずあるはずだ。そう考えた園田は一週間前から中原大樹を尾行《びこう》している。といっても、退社後の時間だけだ。そんなことでわざわざ会社を休むわけにはいかない。

不動産販売の営業をしている中原大樹の行動パターンは一定ではない。最初の数日はつかまらなかったり、途中で見失ったりした。今日は十八時ちょうどに会社から出てきた。地下鉄に乗りこみ、園田もそのあとに続く。地下鉄の中で、中原大樹はずっとスマートフォンをいじっていた。あとをつけられているなどとは思いもしていなそうな中原大樹の弛緩《しかん》しきった横顔を見ていると、古い油を使った料理を食べたあとのように胸がむかついた。

自宅マンションの最寄り駅で降りた中原大樹は、自宅マンションとは反対方向に向かっていく。ついた先はレストランだ。ガラス張りになっており、通りをはさんだこちら側からでも店内の様子がよく見える。中原大樹が店に入ると、窓に近いテーブルに座っていた妻らしき女と娘らしき子どもが手を挙げた。

仲良く家族で外食というやつか。今日は六月二十五日だ。中原家は給料日に外食をする習慣があるのかもしれない。園田家もかつてそうだった。室井家から出ていたあいだも、父は給料日が近づくと連絡してきて、息子たちを夕飯に誘った。たいていは安くて薄汚くてまずい中華料理屋だったが。

中原大樹は取材時に「嫁は中学の同級生」と言っていた。その部分は記事にはしなかったが、メモをとっていた後輩の橋本が「えー、純愛って感じですねー」と甲高い声を上げたことを覚えている。なんと気持ちの悪い言葉だろうと思ったことも。まじりけのない愛とはいったいなんだ。ずっとひとりの相手とつきあっている、それだけでなぜ不純なものが含まれていないと言えるのか。そもそも「不純なもの」とはいったいなんなのか。肉体的な欲求や打算といった、誰しもがあたりまえに抱えているようなものを不純物と決めつけるのか。橋本に訊いても、きっと答えられない。そこまで深く考えて言ったわけではないのだろうから。

こうやってなにげない言葉ひとつひとつにいちいちひっかかる自分のほうが世間からすれば圧倒的におかしくてめんどくさくて気持ち悪い人間なのだ、ということぐらい自覚している。中原大樹の妻は園田とも同級生のはずだが、今店内で娘の髪飾りをなおしてやっている女の顔には、まったく見覚えがない。実を言うと取材のときに中原大樹が口にした「桜井《さくらい》」という旧姓にも覚えがない。桜井莉子。中原大樹は「当然覚えてるよな」とでも言いたげな面《つら》で喋っていたが。

あの頃、教室にいる女子たちはぜんぶ同じだった。同じように唇をすこし赤くして、似たような髪型で、甲高い声で笑う。個々の輪郭があいまいになって溶け合い、ひとつの巨大な生きもののように思えた。中原大樹たちのようなヒエラルキー上位のグループの男子とはまた異なるおそろしさがあり、彼女たちを正面から見たことは一度もない。

もし毒を盛るとしても、今日のように家族と食事をしている時はだめだ。なぜなら中原大樹の頼んだ料理を、あの妻や娘が口にしてしまう可能性があるからだ。娘は園田の姪と同じか、すこし大きいぐらいの年齢だろう。死ぬにははやすぎるし、あの妻も、たぶん巻き添えにするほどの罪はないはずだ。

今日はここまでにして帰ろう。その場を離れて歩き出す。とにかく毒だ。毒を手に入れること。

お前には無理だよ。頭の中で誰かが言う。嘲笑うような声だった。どこか、弟の声に似ている。兄の声にも。

毒を手に入れたところで、殺せるわけがないだろ。口先だけだ。だってお前には自殺する度胸すらないんだから。あの時だって、ほんとうは飛び降りる気なんてさらさらなかった。お前はこわくてこわくて仕方なくて、だからなんでもいいから自殺を中止する理由をさがしてたんだよ。そしてその理由は、できるだけややこしいものがよかった、実現が困難なものがよかった、だってそれなら長いこと先延ばしできるからな。

うるさい黙れ、と答えて、はげしく頭を振る。腕を組んで歩いてきた男女が、一瞬ちらりとこちらを見たが、今はそんなことはどうでもいい。うるさいうるさいうるさい黙れ黙れ黙れ。それでも頭の中の声は止まない。

なにが毒だ、なにがインターネット的なもので手に入るだ、馬鹿じゃないのか、ツメの甘い計画、いや計画とも呼べないご都合主義のふんわりした妄想、ほんとに気持ち悪いなお前。だいいち、なんで中原大樹なんだよ、と声は言いつのる。ずっと恨み続けてたわけじゃないだろう、忘れよう、忘れようってがんばってただろ、あいつのことは。

あれか？　再会した日にあれを言われたからか？　そんなに、あの一言が不愉快だったのか？

まあなんだかんだ言ってもお前は結局ぱっとしない自分の人生にうんざりしてるくせに死ぬ勇気もなくて、たまたま再会した同級生を殺すなんていうできもしない計画にしがみついてるような男なんだよ。そんなやつに人なんか殺せやしないんだから、さっさとひとりで今すぐ死ね。死ね。死ね。死ね、の声はいつしか園田自身の声になる。死ねよ、さっさと。

頭の中の声をふりはらうために、目についたコンビニに飛びこみ缶ビールを買った。酔えば声は聞こえなくなる。酔えばすべてが鈍麻する。

コンビニの外に出てから、二本買えばよかったと思った。それでも店内に戻る気もおきず、歩きながら飲んだ。味はよくわからなかった。ただただ苦くて、舌の奥が鈍く痺れる。しばらく待ってみたが、園田が期待したような、「すべてが鈍麻する」ような感覚は訪れなかった。むしろ、頭の芯がつめたく冷えていく。

凍えるようなつめたさの奥で、「そのとおりだ」と思った。

ほんとうは、わかっている。死にたくない。死にたくなんかない。そのとおりだ。でも生きていたいとも思えないから、「死なない理由」をさがしていただけだ。

認めたら、声は聞こえなくなった。

拍子抜けしながらポケットに手を入れると、なにかやわらかいものに触れた。昼間に佐々木朱音がくれたパンだ、と思い出した瞬間、ひさしぶりに空腹を覚えた。あまりにもひさしぶりすぎて、しばらくはそれが空腹感だとわからなかったほどだ。

　おそるおそるパンを取り出すと、すこしひしゃげている。ひしゃげたパンはそれでもいちおう受け取った時と同じ三日月の輪郭を保っていて、声を上げて泣きたいような気分になる。やわらかく小さな生きものに触れたようだった。指先がほんのりと熱を帯びる。

　食べてみておいしかったら買えばいい、と彼女は言ってくれた。歩きながら、包装のビニールを破って口に入れる。舌の奥の痺れは、いつのまにか消えていた。

　今死んだら、あの人に「おいしかったです」と伝えられなくなってしまうから、だから次に会う時までは生きていなければならない。

　今日死なずに済む理由をくれた佐々木朱音に感謝したくなる。それと同時に、どうしてだか、ほんのすこしだけ恨みたくもなる。街並の灯りが目の端で滲《にじ》んでぼやけて、園田はすこしのあいだ、その場に立ち尽くしてしまう。

第五章

むりですよ。園田の目の前で、佐々木朱音がさきほどと同じ言葉を繰り返した。声は店内のざわめきと有線放送の音楽のあいだを縫うようにして浮かび上がり、すぐに溶けてなくなる。ほとんどはひとり客だが、隣のテーブルは三人連れだ。彼らの話し声は園田にとっては単なるノイズでしかなく、ひとつとして意味のある単語を拾えない。佐々木朱音の声は小さいのに、はっきりと聞き取れる。

「むりなんです」

否定の言葉なのにやわらかい。使いこんだガーゼのような感触の声音のせいだろうと思いながら、水の入ったグラスを持ち上げた。木製のテーブルをグラスの水滴が濡らしていて、園田の目には、そのかたちはゆがんだ「Q」の字に見える。

昨晩、洗濯機の調子がきゅうに悪くなった。買って以来ずっと棚にしまいこんでいた取り扱い説明書を引っぱり出して読んだ。「故障かな？　と思ったら」のページに、これに似たいくつもの「Q」の文字が並んでいた。

Q、と園田は思う。Q.なぜ私はこの人と昼食をともにしているのでしょうか。答えはすぐに出る。A.こちらから誘ったからです。

パンをもらったお礼に一緒に昼食でもどうですかという連絡をして、佐々木朱音が了承した。だから今、こうしてここにいる。

店は佐々木朱音が指定した。『喫茶くろねこ』という看板を出している、会社員が「ちょっとした打ち合わせ」に利用するような、レジ横のラックにスポーツ新聞が並んでいるような、そういう店だった。事前に「知り合いの店です」と聞かされていた。「食事のメニューはカレーだけであまり人気がないお店なんです」とも言われたが、入ってみると満席に近かった。

「ありがたいことになぜか最近、お客さんが増えて」

佐々木朱音の知り合いだという店主は痩せぎすの初老の男だった。

「昔コンビニでバイトしてて、その時のオーナーです」

コンビニ、と言う時、佐々木朱音の両手がなぜか空中で大きな四角形を描いた。

親から継いだ酒屋をコンビニに鞍替《くらが》えしたがつぶれた。よくある話だ。「あとはもう年金でぼちぼち暮らしていこうかと思っていたんだけど、ちょうどここで喫茶店をやってた友人が店をやめるっていう話を聞いて、だったらやってみようかと」と店主は園田に話してくれる。内装も什器《じゅうき》もそのまま引き継いだ、とくにこだわりもない、さっぱり儲かりもしない店なのだと自嘲じみた口調で言うが、もしかしたら道楽で店をやれるぐらいには経済的に余裕があるという、まわりくどい自慢なのかもしれなかった。ずっと妻とふたりでやってきたのだが、最近は妻の体調が芳《かんば》しくない。バイトを募集しているが、条件に合う者が見つからないという。

「十時から十四時まででいいんだよ。朱音ちゃん、ママ友にいい人いない？　いや、あんまり若い子じゃだめなのよ。だってこの店には合わないでしょう。落ち着いた年頃の、よく気のつく人がいいの」

店主は水を運んでくるなり、佐々木朱音に向かってそう訴えはじめた。ママ友。へんな言葉だなといつも思う。友だちという言葉を使えば済むところに、わざわざ「ママ」をくっつける意味があるのか。

「むりです。わたし友だちいませんから」

店主はなおもなにか言おうとしたが、会計を待つ客に呼ばれてテーブルを離れていった。その後ろ姿を見送ってから、思わず「いいですね」と息を吐いた。

「なにがですか？」

佐々木朱音は怪訝な顔をしている。

「ええと、『友だち』って言うの」

「なんとなく嫌いなんです。『ママ友』っていう言葉が。語感も字面も」

「そうなんですか。あ、えっと、あと、はっきり返事できるのがいいな、と思いました、はい」

わかんないよ。昔、恋人にそんなふうに責められた。趣味は料理です。はじめて会った時そう自己紹介した彼女は、園田の部屋を訪れるたび冷蔵庫に数種類の料理を「作り置き」と称して詰めこんでいった。平日おそく帰ってきても、あたためてすぐ食べられるから便利でしょ？　と得意げだった。半透明の保存容器のひとつひとつに「鶏肉と里芋の煮物」とか

「きんぴらごぼう」という手書きのラベルがはられていた。

彼女が泊りにきた休日に「お昼、オムライスでいい？」と訊かれ、園田が「うん、だいじょうぶ」と答えたら、いきなり「わかんないよ」と泣き出したのだった。

「だいじょうぶってなに？　その返事じゃ、いいのかだめなのかわかんないよ」

他愛ない昼食についての会話が「律くんっていつもそうだよね」「思ってることなんにも言ってくれないね」と数時間かけて責められる事態に発展した。園田にしてみれば青天の霹靂《へきれき》としか言いようのないできごとだったけれども、相手にとっては耐えに耐えたうえでの爆発だったのだろう。食べきれずに増えていく保存容器をあまり見ないようにしながら冷蔵庫を開閉していたことはしっかりと覚えているのに、どんなふうに別れたのだったかはもう思い出せない。いつのまにか終わっていたような気がする。曖昧《あいまい》を嫌った彼女は、決定的な別れの言葉を口にせず園田の前から去った。

「『女性』をやっていると」

やっていると。佐々木朱音はそこで言い淀《よど》んで水を飲んだ。

「曖昧な物言いが命取りになるんです。思わせぶりな態度をとったとか、気をもたせたとか、きっぱりと拒否しなかったあなたも悪かった、とか。わかりますか？」

「わかります」

言いたいことはわかる。命取り。大袈裟だとは思わなかった。この人はきっと言葉のやりとりで何度も傷ついたり困ったりした経験があって、そのうえで自分を守る方法を自分で身につけたのだろう。そう思った時、店主がカレーを運んできた。

「いただきます」

「いただきます」

　発声のタイミングのみならず手を合わせる動作までばっちりと揃ってしまい、みょうに気恥ずかしかった。佐々木朱音のほうは頓着《とんちゃく》せぬ様子でスプーンをあつかっている。特別にうまいというわけではない。ひとくち食べてそう思う。もちろんまずくもない。

　ハンカチを貸してくれたお礼に新しいハンカチ。お礼のハンカチへのお返しのパン。そのパンのお返しにこのカレー。これぐらいがちょうどいい、と佐々木朱音は思ったのかもしれない。そのバランスのとりかたがここちよい。

　園田は佐々木朱音について、よく知らない。子どもがいる、夫はいない、ということは知っている。職場も。でも年齢や、その他諸々のことは知らない。聞く必要もない気がする。でも、この人と話がしたい。自分の考えていることやこれから考えることを、佐々木朱音になら話せる。道端で吐きそうになっているところを助けられて第一印象は最悪なはずだから今更かっこつける必要がないし、なにより言葉が通じる。同じ日本語を話していても言葉が通じない人間はいるし、園田の周囲にはそういう人間のほうが多い。

　もしかすると、これはとても失礼かもしれない。あなた自身にはあまり興味はないが、おれの話を聞いてほしいなんていう要求は。もしかしなくても失礼に決まっている。いや、けっして興味がないというわけじゃない。恋愛のはじまりのような浮ついた興味や性欲を含むよこしまな関心が一切ないというだけの話であって、人間としての佐々木朱音には興味がある。このあいだすこしだけ話してくれた、「転校していく子たちがうらやましかった」というような、あんな話を、もっとしたい。もしかしたらあなたはおれと同じようなものを見て、同じようなことを考えながら生きてきたんじゃないですかと訊ねてみたい。

佐々木朱音は明日見市で生まれ育ち、今もここで暮らしている。通っていた小学校の名はすでに聞いた。あのあたりなら、とぼんやり思う。園田の実家がある地域よりもだいぶ品がいい。小綺麗で立派な家も多い。でも佐々木朱音は「すごくぼろっちいアパートで父とふたり暮らしだったんで」と肩をすくめていた。要するに園田と似たり寄ったりの育ちではないだろうか。

この街を出たいとは、一度も思わなかったのだろうか。

それにしても、佐々木朱音はこちらのことをどう思っているのだろう。とりあえず昼食の誘いを断りはしなかった。曖昧な物言いが命取りになると考える人は、もし今後、自分の誘いを迷惑だと感じた時はきっぱりと断ってくれるだろう。不満を溜めこんだうえに爆発したり、黙って去って行ったりはしない、きっと。

「最近、同級生にぐうぜん再会したんです」

園田の言葉に、佐々木朱音はカレーを掬《すく》ったスプーンを持った手を止める。

「そいつを、あの」

殺したくて、と言ってから佐々木朱音の表情を窺った。眉ひとつ動かさず、小さく頷いただけだ。

「殺したいぐらい憎いっていう意味じゃなくて、ほんとうの意味で。中学の時、そいつにけっこうひどいことされて。今もけっこう引きずってて、それで。子どもの頃、悪いことしたらかならず天罰がくだるって、祖父母に言われて育ったんですよね、おれは。でも、いじめをしたことがあるやつに天罰がくだったって話、聞いたことあります？　ないですよね。おれはないです。だから」

「はい」

「やるんなら計画的にと思って、まず尾行をしました。二週間。二週間のあいだに、そいつは妻子と一回食事にいきました。土曜は二回とも実家の庭で中学の同級生とバーベキューです。月曜と水曜に飲みに行って、金曜日は女のアパートに行ってました」

「女」

「そうです」

女の部屋は二階だった。ワンルームのアパートだった。だからたぶん、独り住まいの女だ。外から監視していると、中原大樹と女はそろってベランダに出てきた。中原大樹が女を後ろから抱くようなかっこうで、一本の缶ビールをふたりで飲んでいた。缶がふたりの手を行き来するたび、女は甘えるように中原大樹の顔を見上げていた。

実家のバーベキューには、相田《あいだ》慶吾と米倉《よねくら》雅紀が来ていた。中学の時にいつも中原大樹とつるんでいたふたりで、米倉雅紀のほうはすこし太っていたが、すぐに誰だかわかった。まだつきあいがあるのか、と驚き、そりゃあるよな、と納得した。中原大樹のような男はそんなふうにつるむ仲間を、なによりも大事にするのだろうから。

「こいつの人生、充実してるなと思いました。それで、ますます殺したくなりました」

「なるほど」

佐々木朱音がスプーンを置いた。園田の皿にはまだ半分以上カレーが残っているのに、佐々木朱音の皿はきれいに空になっている。

「いいんじゃないですか？」

「え？」

「わたし、昔ある人に『雲に届くように高く飛べ、きみには翼がある』って言われたことがあるんです」

「はあ」

相槌を打ったつもりが、喉からは単に息を吐いたような頼りない音が漏れただけだった。

「その人は、きみをいじめるやつらのことなんか気にするな、ひとりでも我が道を行け、みたいなことを言いたかったんだと思います。わたしはその時子どもだったから……『あなたたちがわたしを仲間外れにしてるんじゃない、あなたたちはわたしの眼中にないんだ』っていうポーズをとるようになりました」

「はあ」

でもね、とそこで視線を落として、ナプキンで口もとを拭いている。

「構図は変わらないんです。わたしの気が紛れた、ただそれだけ。彼らは、何のお咎《とが》めも受けなかった」

そんなのっていくらなんでもあんまりでしょ、と言われて、何度も頷く。

「わたしが『強く生きていく』というポリシーを持つことは、ちっとも間違ってない。でもそれはそれとして彼らはちゃんと罪を償《つぐな》うべきだった。わたしがあの出来事を乗り越えた、だからもういい、なんてそんなわけない。わたしね、今でも、わたしを攻撃した男の子たちと同じくらいに『翼がある』と言った人のことが憎らしくなる時があるんです、ときどき、ですけど」

ハマダセンセイのことが、と小さな声で続けた。それで、佐々木朱音にその言葉を与えた相手が「先生」であるらしいと知れた。

「だから園田さんがその人を殺したいと言うなら、わたしはとめませんよ」

「や、でも、人を殺せるような人間ではないってことも自分でよくわかっていて」

「それは、倫理的な問題ですか」

「いえ、度胸的な問題です」

言ってから、なんだ度胸的って、なんだその日本語は、と恥ずかしくなったが、佐々木朱音は「ええ、ええ」と小刻みに頷いただけだった。隣のテーブルでどっと笑い声があがり、ふたりのあいだには沈黙が落ちる。

「殺さなくてもいいけど、復讐《ふくしゅう》ぐらいしてもいいんじゃないですか」

まるで「ピーマンが嫌いなら食べなくてもいいけど、一度ぐらい食べてみてもいいんじゃないですか」とでもいうような、ごく軽い口調だった。佐々木朱音の声は相変わらずはっきりと聞きとれるのに、「復讐、ですか」と答えたはずの声は隣のテーブルの笑い声に飲みこまれ、自分の耳にすらよく届かなかった。

*

薄暗い更衣室の床に、胸を押さえてうずくまりながら、教えてほしい、と莉子は思っている。何度飲みこんでもせり上がってくる苦くて熱いかたまりを永遠に沈めておく方法を、誰かに教えてほしい、と。

ロッカーの中の、脱いで畳んだ黒いカフェエプロンが目に入った。白糸で刺繍《ししゅう》がしてある。広げた本のページに小鳥がちょこんと止まっている図柄だ。看板や紙のコースターにも同じものがプリントされている。

カフェの店内は、天井には太い木の梁《はり》がめぐらされ、椅子もテーブルも真っ白で、前面がガラス張りであるおかげでとても明るい。店の奥の更衣室は照明の数がすくなく、昼間でも薄暗い。どうしてだか壁も床も傷だらけで、黴臭《かびくさ》いような匂いがする。勤務初日にここに案内された時、なにか見てはいけないものを見たような気がした。

莉子がここで働きはじめて、一週間が過ぎた。とつぜん「働く」と言い出した莉子に、母は「家のこととか、だいじょうぶなの?」と眉をひそめたが、父は「いいじゃないか」と賛成した。もともと父は莉子が虚偽の就労証明書をつかって芽愛を保育園に預けることに、あまりいい顔をしなかった。

「外で働くのは、莉子にとってもいいことだと思うよ」と父が話している途中で、母はぷいと顔を背けて台所に消えた。ずっと家にいて「家族を支えてきた」ことを誇りにしている母は、もしかしたら自分を否定されたように感じたのかもしれない。

大樹は「え、急になんで?」と言いはしたが、視線はスマートフォンの画面に向けたままで、それほど理由を知りたがっているようには思えなかった。

「家にじっとしてるのも飽きちゃって」

そう答えたら大樹は「ふーん」と呟き、そこで会話が終了した。ちょっと前なら傷ついたかもしれない。無感動に放たれたその三音に。ほんとうの理由は「お前に言ってもわかんないでしょ」って笑われたからよ、と言うことだってできた。言えなかったのではなく言わなかったのだと、そう考えて莉子は満足した。

あの晩ぶつけられた、「言っても」と「わかんない」のあいだにはさまれた、大樹がごく短く鼻を鳴らした音が、いつまでも耳に残って消えない。わたしだって仕事ぐらいできると証明したい。大樹だけではなく、周囲の人間すべてに。

それがどうだ。いったんはきれいに畳んだエプロンをまた広げ、きっちりと端を合わせて畳み直す。

「中原さん、今日はお客さんも少ないし、調子が悪いようなので帰っていただいて結構です」

店長から言われた言葉を思い出し、エプロンを落としそうになった。さっさと帰りたいのに、どうしても涙が止まらない。こんな顔では外に出られない。芽愛を迎えに行くこともできない。

わたしのせいじゃない、と莉子は小さく頭を振る。この店の人たちが丁寧に仕事を教えてくれないのがいけない。なにか質問してもみんな説明にもなっていないようないい加減な説明をするし、「わかんなくなったらまた訊いて」なんて軽くあしらわれる。初日だって、ぶっつけ本番で客の前に出された。

親切なのは、大学生の辻《つじ》くんだけだった。厨房のスタッフである辻くんは、ひたすらおたおたするだけの莉子に「ゆっくりでだいじょうぶですよ」と声をかけてくれ、休憩時間にはこっそりケーキをくれた。お店の人気メニューであるシフォンケーキだ。「カットをミスしたからお客さんに出せない、はしっこの部分ですよ」と言っていたが、莉子に気を遣わせないように嘘をついてくれたに違いない。皿の上にはチョコレートソースで女の子の絵が描かれていた。「かわいい」と莉子が笑うと、辻くんも笑った。

「すぐ慣れますよ、がんばってくださいね」

そう言って、両手をグーにして励ましてくれた。華奢《きゃしゃ》な身体つきにやわらかそうな茶色の髪。大樹とは正反対のタイプだった。笑うと左ほおにだけえくぼができるところが、かわいいと思った。でもそれは、恋愛感情じゃない。エプロンを握りしめたまま、誰かに言い訳するように思う。だってわたしは十歳以上年下の若い男の子にちょっとやさしくされただけで舞い上がるような勘違い女とは違うから。

一昨日の晩に大樹から「バイトどう?」と訊かれた時には「悪くないよ」と答えた。辻くんのことは話さなかった。話せなかったのではなく話さなかったのだし、話さなかったから辻くんのことは莉子の小さな秘密になった。きっとこういう小さな秘密が増えれば増えるほど余裕ができる。

大樹は、光岡という女と別れたようだ。

先週の深夜に話し声で目が覚め、隣に大樹の姿がないので居間をのぞいたら、電話で誰かと喋っていた。照明はついておらず、それにソファーに腰かけた後頭部のシルエットしか見えなかったから、どんな表情を浮かべていたのかはわからない。だだをこねる幼児のように泣いていることだけはわかった。いちおう莉子たちを気遣ってひそめられた声は、時々たまりかねたように大きくなった。

別れるなんて言わないでくれよ、俺サナエがいないとだめなんだよ、と情けない声で懇願していた。光岡の下の名はサナエというらしい。

馬鹿っぽいひらがな文のメッセージを綴《つづ》るあの女は、大樹の願いを聞き入れなかった。電話を終えてからも、大樹はしばらくソファーから動かなかった。大樹はあれ以来、なにごともなかったように振るまっている。でもなんとなく元気がないし、かと思えば些細なことで苛立った声を上げたりして、扱いづらいことこの上ない。

大樹が女と別れた。あの晩、莉子の胸に舞い降りた感情の正体をなんと呼べばいいのかわからない。「安堵《あんど》」ではないことだけはたしかだ。「幻滅」なのかもしれない。馬鹿みたいな女にぽいっと捨てられて泣いている大樹にそっと近づいて「あなた、もう王様じゃないんだね」と声をかけてやったら、いったいどんな顔をしただろう。

今日出勤したら、見たことのないスタッフがいた。長いこと風邪をひいていて、ひさしぶりの出勤だという。店長や他のスタッフからはキムコと呼ばれていた。木村《きむら》だからキムコ。そんなふうに名字をもじったニックネームで呼ばれるのがよく似合う、動作や笑い声が大きくて、屈託《くったく》がない女の子だった。

辻くんと同じ大学に通っているらしい。親しげに喋っているが恋人ではないのだろうと決めつけた。キムコが太っていたからだ。髪形やメイクも野暮ったい。だから、辻くんにはふさわしくない、と。でもキムコは辻くんのことが好きみたいだった。若いうちは、そういうこともあるんだろう。なんていうか無茶な片思いに走ることって。莉子にはもちろんそんな経験はないけれども。

そこまで思い出したところで、莉子の目にはまた新たな涙が滲む。十一時過ぎにキムコと辻くんがそろって休憩に入ってから五分ほどして、店長に「悪いけどキムコ呼んできてくれない?」と頼まれ、裏口に向かった。ビルの裏の小さなスペースにはベンチが置かれている。学生バイトの子たちは休憩時間になると、そこでお喋りするという。

ドアノブに手をかけた時、外で「中原さん」と辻くんが言ったのが聞こえたような気がして、莉子は思わず手をひっこめた。辻くんたちが自分の話をしている。胸がきゅっとなった。

「あ、うん。やっと実物見れたよ、中原さん」

キムコの声は無駄に大きくて、辻くんの声よりはっきりと聞こえた。

「辻が言ってた意味わかった。あの人って、ほんとに『かわいい』しか言わないね」

「でしょ。たぶん、語彙《ごい》が乏しいんだね」

辻くんの声も、ようやく聞き取れた。語彙が乏しい。自分のことだと理解するのに数秒を要した。

「あの人ぜったいわかってないのに『はい』って答えてるから、見ててひやひやする。いつか店長がキレそう」

「話、ちゃんと聞いてないのかも」

「あと、あの人誰かが『かわいい』って言うたび、そっち見るんだよね」

辻くんの声は、キムコの下品な「ぎゃはは」というような笑い声にかき消される。

「それ、うちの犬みたい。家族全員で『かわいい、かわいい』って育てたから、それが自分の名前だって勘違いしててさ。中原さんも『かわいい』が自分の名前だと思ってたりして」

「いや、それはないでしょう」

ないでしょう。繰り返す辻くんの口調は、あくまで落ちついていた。

「だって子どもいるって言ってたもん。四歳だっけ……五歳かも。そんな大きい子がいる人がいつまでも自分のことをかわいいとか思ってるわけないって。それぐらいの分別はあるはずだよ、いい歳した大人なんだからさ」

莉子はそれにたいするキムコの返事を聞かずにその場を離れ、店内に戻った。

「中原さん、キムコは?」

店長にそう訊かれて、ようやくなんのために自分があそこに行ったかを思い出した。えっと、と言い淀《よど》む莉子を数秒見つめ、店長は大きく息を吐いた。

「あ、うん。いい。もういいです、はい」

うんざりしたような声を出す店長を見返した。おそらく自分とさほど年の変わらない女。ぼってり肉がついた顎をつんと上げている女。眉間のあたりの皮膚が粉をふいている女。接客業なのに肌の手入れも満足にできない女が、えらそうに、なんなの？

そのあとは散々だった。グラスを落として割り、注文を間違え、客に怒鳴られた。店長が近づいてきて「中原さん、今日はお客さんも少ないし、調子が悪いようなので帰っていただいて結構です」と言われた瞬間のことを思い出し、また涙が出てくる。

はやく帰りたい。でも、まだここから出られない。出たくない。出たい。いったいどうすればいいいんだろう。

ノックもなしに、更衣室のドアが開かれる。はっと息を呑む音が聞こえた。顔を伏せたまま、どうか店長じゃありませんようにと願う。キムコでもありませんように。

「すみません……誰もいないと聞いたので」

ああびっくりした、と聞き覚えのある声が続く。でも誰だっけ、と思いながらのろのろと顔を上げたら、佐々木がドアノブに手をかけたまま莉子を見下ろしていた。

なぜ佐々木がここにいるのだろう。驚きと混乱で、どうがんばっても止まらなかった涙が、すっと引いた。

「だいじょうぶ、じゃないみたいですね」

だいじょうぶですか？　ではなかった。例のきっぱりとした口調はきっぱりしすぎていて、すこし怒っているようにすら聞こえる。

*

最初は見て見ぬふりをしようと思った。実を言うと、一階のスタッフが泣いているところに出くわすのはこれがはじめてではなかった。嫌な客、スタッフ同士のトラブル、誰にでもいろいろある。でも彼らのケアをするのは、店長の仕事だから。

声をかけたのは、相手が中原さんだったからだ。一週間前から新しいバイトが来ている、と聞いてはいたが、顔を合わせることはなかった。

「新しいバイト」ってこの人だったのか、と驚いたが、なんせ狭い街だ。同じ保育園に子を通わせる保護者と職場がかぶるぐらい、あり得ないほどの偶然でもないと思い直した。よりによってそれが中原さんだったというだけで。

目と鼻を真っ赤にした中原さんはしばらく下を向いてもじもじしていたが、朱音が「話したくないなら、べつに」と去ろうとすると、あわてたように朱音の腕を摑んだ。

「一緒に、外に出て」

中原さんは、泣き顔を他のスタッフに見られるかもしれないから、前を歩いて壁になってくれと頼んできたのだった。頼むというよりは命令の声音だった。べそをかいているくせにやたらと高圧的なのだ。

「わかりました」

そうは言っても、中原さんは朱音よりも背が高い。身体を丸める中原さんを庇《かば》いながら店の外に出た。

これ以上のことを訊ねるのは自分の領分を超えている。「それじゃあ」と頭を下げて、二階に駆け上がった。そもそも社長に「古いタイムカードが入ってる箱、一階の更衣室にあるから取ってきて」と頼まれて下に降りたのだったということは、すこし遅れて思い出した。

中原さんのことは、あれで済んだと思っていた。

保育園に鈴音を迎えに行くと、園庭に中原さんがいた。一度家に戻ったようで、服装が変わっていた。流れ落ちていたマスカラもきれいに塗り直されている。どうしてだか泣き顔を見た時より気まずくて、顔を伏せて通り過ぎようとした。そこへ、中原さんが声をかけてきた。

「ちょっと、芽愛たちを連れて、公園に行きませんか」

さっきのお礼に、と中原さんは言うが、彼女たちと公園に行くことがなぜ「お礼」になるのか、朱音にはよくわからない。

わからないまま、公園に向かった。タコの遊具があるせいでみんなからタコ公園と呼ばれているが、誰も正式名称を知らない。芽愛ちゃんと鈴音は公園につくなり、砂場に向かって走っていく。すこし離れたベンチに座り、朱音たちはそれを眺めた。

「佐々木さん……佐々木さん、でいいんですよね」

中原さんの口調が、はじめて遠慮がちに揺れた。

「はい。離婚しましたが、名字は変わらないので」

それを確かめたかったんでしょ、という気持ちをこめて、あえてきっぱりと告げる。中原さんが小さく目を見開いた。

それから、中原さんがおそらく知りたがっているであろうことも、こちらから説明してやった。あのカフェは自分が勤めている会社が運営しており、二階に事務所があるということ。自分はそこの社員であること。一階のバイトはなかなか定着しないこと。今回新しい人が入ったということは聞いていたが、それが中原さんだということはまったく知らなかった、ということ。

「そうだったんですね。佐々木さんがいる会社だったなんて、思ってもみなかった」

事前にわかっていたら避けていた、とでも言いたげだ。いや、それはさすがに穿《うが》ちすぎだろうか。

「あの人、何歳なんですか？」

「どの人？」

中原さんの言う「あの人」は店長のことらしい。三十代前半だったと思いますけどね、と答えると「結婚はしてるの？」「子どもは？」と質問を重ねる。たしか独身だし子どももいなかったように記憶している、という朱音の言葉に、中原さんは「あ、やっぱりね」「そんな感じ」と満足そうに頷いていた。

中原さんはさらに、バイトの木村さんがどのあたりに住んでいるかを知りたがった。自分はおもに給与の計算などをしているだけなのでそこまでは知らない、と嘘をついた。

「あの、なにかあったんですか？」

中原さんは一瞬砂場のほうに目をやり、「じつは」と口を開いた。おもむろにはじまった話はまとまりに欠け、わかりにくい。ぜったいに触れたくない核心があるようで、いくたびも遠回りを繰り返し、話し終わるまでにかなりの時間がかかった。要約すると「勤めてまだ一週間だが、どうしても慣れることができないのでやめたい」という、ごくシンプルな話だった。

「一週間なら、まだいろいろできなくても当然では……」

「できないとかじゃないんです。わたしにはあの店が合わないってことです」

「できない」は恥ずかしいことではないのに、中原さんは自分が「できない」ということを、かたくなに認めようとしない。驚きを通りこして、まぶしいような気分になる。中原さんは自己肯定感ともまた違う、おそらく朱音には備わっていない類の自意識を、ごく当たり前に持っているのだ。

「誰にも言わないで、今日のこと」

中原さんの声音はやっぱり頼みごとではなく命令じみていて、朱音はあやうく笑い出しそうになる。

「言いません」

言う相手がいませんし、と肩をすくめた。

「ママー、みてー」

鈴音が砂場の中央につくった山を指さしている。手を振ってそれに応じた。芽愛ちゃんは時折こちらを窺うように視線を向けてくるが、なにも言ってこない。母親の様子がいつもと違うことに気がついているのだとしたら、聡《さと》い子だ。

「あのお店、やめます」

視線だけ横にずらして見ると、中原さんも笑顔で芽愛ちゃんに手を振っていた。笑顔のまま「それがいちばんいいですよね。もっといいとこがあると思うし」と続けた。

「え、でも」

ちょっと嫌なことがあるたびにやめていたらきりがない。この人はおそらくキャリアや資格があるわけでもない、しかも就学前の子どものいる女性だ。職場も職種も、ある程度かぎられている。

「でも、もったいないですよ。まだ働きはじめたばかりなのに。もうすこしだけ、がんばってみたら」

「もったいない、って。うちのおばあちゃんみたい」

ふふ、と笑うこの人は、いったいなにを考えているのだろう。なんにも考えてなさそう、と思ってから、あわてて打ち消し、反省する。いくらなんでも、今のはひどい。なにも考えていない人間なんかこの世にいるはずがない。

「そうですか、ね。まあ、うん。いいんじゃないですか」

「できないからやめる」は、朱音にとっては敗北を意味する。そんなのくやしい、逃げるみたいで嫌だ、と自分なら思う。でも「わたしなら」を今ここで中原さんに伝えてなんになるというのか。この人なりに考えて出した結論なのだろうし、それを止める権利は自分にはない。友だちでもなんでもない、いや友だちであったとしても他人の決意に安易に口を挟む権利などあるはずがない。

ベンチに並んだ朱音たちの前を、高校生が通り過ぎる。一リットル入りの紙パックのミルクティーにストローをさして飲みながら、すこしだるそうに歩いていく彼女たち。朱音の目には彼女たちがとても不自由な存在にうつる。お金もないし、まだ親元にいて、自分で決められることなんかほとんどない。十代の子を前にするとすぐに「今がいちばんいい時だね」と言う大人は、昔のことを忘れてしまったのだろうか。

「いいなあ」

中原さんがちいさく呟いた。

「なにがですか？」

「高校生。あの頃って、無敵だから」

中原さんは、自分とはまったく異なる時間を生きてきた人のようだ。朱音は隣の彼女に気づかれないように、そっと息を吐く。十代の頃の朱音は、自分が無敵であるなどとはすこしも思えなかった。

「大人になると、あんなふうに本音でつきあえる友だちって、もうできないですよね」

よく一緒にいるあの年長クラスの子のお母さんとは本音でつきあってないんですかと訊きそうになったが、さすがに深入りし過ぎだと言葉を飲みこんだ。

「……そういうものですかね」

園田の顔が思い浮かぶ。一緒にカレーを食べた日、同級生を殺したいと話していたのは、きっと混じりけのない本音だった。

あの時朱音は、もしかしたら「そんなことを言っちゃいけない」とかなんとか、窘《たしな》めるべきだったのかもしれない。すくなくとも「いいんじゃないですか」なんて焚《た》きつけてはいけなかったのは確かだ。『喫茶くろねこ』のざわめきの中にぽつんとひとりだった園田。わたしと一緒にいるのに、あの人はひとりきりだった。

そういえばあの日、『喫茶くろねこ』のオーナーに誰か紹介してくれとも言われていたな、と思い出しながら、また隣の中原さんを観察する。

中原さんははたして、彼の言う「いい人」に該当するのだろうか。中原さんはあの店を

「いいとこ」と感じるのだろうか。朱音にはわからない。でもたぶん、持っている情報を隠すのは公正ではないのだろう。自分は善人ではないかもしれないが、すくなくとも公正ではありたい。そんなことを思いながら、朱音は「あの」と口を開く。

第六章

自分ひとりでお茶を飲む時にはけっして選ばないような、むやみに小綺麗なたたずまいのカフェの窓際の席で、朱音は奥の壁にかかった写真を見ている。どこか外国の家を撮した写真。板チョコレートを連想させるドアと砂糖菓子のような白い木枠の窓の下で、猫が丸くなっている。目をそらしたら三秒後にはもう忘れてしまいそうなその写真に興味があるわけではないが、ほかに見るものもないのでしかたなく見続けている。中原さんはまだトイレから戻らない。

「ちょっとお茶でもしていきませんか」と誘ったのは、中原さんのほうだった。よほど喉が渇いているのだろうと思った。面接を終えたばかりで、もしかしたら緊張したのかもしれないと。しかし中原さんは注文を済ませるなりトイレに向かった。向かう直前に「汗かいて、化粧崩れちゃったから」と朱音の目にはどの部分の化粧がどう崩れているのかまったくわからないような顔で、そう告げた。

テーブルの上には、すでにふたりぶんの飲みものが置かれている。朱音はあたたかい紅茶で、中原さんはアイスティーだ。細長いグラスは汗をかきはじめている。氷がとけて、ゆるりと滑ってからんと音を立てる。朱音の注文を聞くなり、中原さんは「夏なのにホットなんだ」と、奇怪なものを見た顔つきになった。お腹が弱いので、と言い訳じみたことを口にしたのを今更のように悔いる。言い訳をする必要などまったくなかったのに。

ポットサービスというやつだな、と白いティーポットを眺めながら思う。二杯はいけるな、とも。そんなことを考えるなんて、いかにもしみったれている。でも、それはしかたないだろうとひらきなおる気持ちもまた、ある。

結婚していた頃、なにか買うたび宏明に金額を聞かれるのが嫌だった。買いものを控え、次第に外食の機会も避けるようになった。「これって、家でつくったら三百円ぐらいで済むんじゃないの」なんて言われ、店の人に聞かれてはいないかとびくびく気を遣いながらする食事が、楽しいわけがない。

離婚した時、これからはもうそういったことに神経をすり減らす必要はないと嬉しかった。どこまでも自分の足で歩いていくのだと、そう決めてあの日買った靴を見下ろす。

でもこれからひとりで鈴音を育てていくことを考えると、支出には慎重になる。中原さんからお茶に誘われた時も、一瞬迷った。お茶一杯分の出費が、今の朱音にとっては大問題なのだ。

さきほど『喫茶くろねこ』の面接が済んだばかりだ。中原さんから当然のことのように紹介者としての同道を求められ、駅で待ち合わせをした。休日の朝の駅は、これから練習試合かなにかに向かうらしいジャージ姿の高校生の群れや浮き輪を肩にかけてみょうに浮かれたかっこうの家族連れでごった返していた。世間は夏休みなのだ、と、人混みのせいでさらに上昇する温度の中で理解した。駅にはられたポスターの中でヒマワリが咲き乱れている。最後にほんもののヒマワリを見たのはいつだろう。海もそうだし、スイカ割りのスイカもそうだ。カブトムシの入った虫かごも花火も。「夏らしさ」の記号に用いられるそれらを、朱音はもう長いこと印刷物や画面越しにしか目にしていない。

中原さんは、人混みをすいすいと泳ぐようにして歩いてきた。熱帯魚のひれみたいにオレンジ色のスカートの裾が揺れて、とてもきれいだった。

「今日、鈴音ちゃんは？」

中原さんは朱音と顔を合わせるなり、そう訊ねた。

「父親に預けました」

「あ、パパとは普通に会えてるんですね」

そう呟いて、なぜか安堵したように口もとに手をやっていた。朱音の言った父親とは自分の父、つまりは鈴音の祖父のことだったのだが、中原さんは宏明のことだと勘違いしたようだった。訂正はしなかった。実際、宏明は週に一度のペースで鈴音に会っている。中原さんの言う「普通」に該当するだろう。

「離婚しても鈴音に関することならなんでも協力する」と宏明は約束してくれた。芽愛ちゃんに突き飛ばされて怪我をした時も、電話をかけたらすぐに飛んできて病院に連れていってくれた。

だから感謝している。そう唱え続けなければ、たちまち溢れ出してくる。塞《ふさ》がったはずの傷跡から、膿《うみ》のように。あの人のこういうところが嫌だった、あの言葉に傷ついたという思いが。もうとっくに終わったことなのに。

「芽愛ちゃんは？」

「あ、芽愛は実家に」

うちのパパはあてにならないんで、と中原さんは肩をすくめていた。パパ。中原さんの夫。たぶん保育園の運動会などで見てはいるのだろうが、顔はわからない。中原さんが自分の子どもの前でなくても配偶者をパパと呼ぶ人だということだけはわかった。

『喫茶くろねこ』の「面接」は、とてもうまくいった。その場であっさりと採用が決まった。

「朱音ちゃんの紹介なら間違いないないでしょう」

オーナーは言い、中原さんに「べっぴんさんだね」と笑いかけた。朱音の視線に気づいて「あ、セクハラになっちゃうね、だめだね、ごめんね」とひとり慌てていた。

もうコンビニのオーナーではないからこの呼びかたはあらためるべきなのだが、心の中ではついオーナー呼ばわりしてしまう。店ではマスターと呼ばれている。マスター、いつもの。マスター、お勘定。本人はその呼びかたを嫌がっている。「女の人にはサトシさんって呼ばれたいな、朱音ちゃんもそうしてよ」という頼みを、朱音はいつもやんわりと無視する。サトシさんだなんて、いくらなんでもそこまで親しげに呼べる気がしない。女の人と限定するところも意味がわからない。あの人のそういうとこ嫌だな、と思うが、基本的には良い人だとも思っている。

朱音にとってほとんどの他人は良いところもあれば悪いところもある、という存在で、相手のすべてが好きではなくてもつきあっていくことはできると思っている。それでも近過ぎるとやはりだめになることもある、ということは宏明との結婚で痛いほど学んだ。

中原さんはまだ化粧をなおしているのだろうか。いよいよ間が持たなくなってきて、朱音はカップの上でポットを傾ける。ひとくち飲んで、よくわからないけど香りがいいな、やっぱり家で飲むティーバッグとは違うな、違う気がするな、というか違っていてほしいな、と切実に願った時、ようやく中原さんが戻ってきた。

「一周まわって、逆にいい雰囲気のお店でしたね」

それは中原さんの『喫茶くろねこ』についての感想らしかった。なんと答えていいかわからず、黙って頷いた。一周まわったうえに逆とはいったいどういう意味なのかと考えながら、テーブルの上のメニューに視線を落とす。細長いグラスの上でホイップクリームがとぐろをまいている、よくわからない飲みものの写真をじっと見る。朱音は手持ち無沙汰な時に、近くにあるものを凝視する癖がある。

「佐々木さん、そっちにすればよかった、とか思ってます？」

「いえ、わたし甘いの、飲まないので」

ストローを口に運びかけていた中原さんの動きがぴたっと止まった。

「あの」

小さく咳払いをした頬が赤く染まっている。朱音は平静を装いながらも、「いったいなにを言い出す気だろう」と身構えた。この人の考えていることは、どうもよくわからない。

「じつは……わたしもなんです。甘いもの、苦手で」

「はぁ」

「このこと、あんまり、他人には話さないいんですけど」

中原さんの表情はあくまで真剣そのもので、こらえきれず噴き出してしまう。中原さんが不思議そうにまばたきをする。「ぱちぱち」と音がしそうなまばたき。いつも、どれぐらいの手間と時間をかけて、マスカラを塗るのだろう。

「なんで笑うんですか?」

「すみません。かわいい人だなと思っただけです」

本心からの言葉だった。甘いものが苦手である。失礼だろうかと案じたが、気分を害した様子はなかった。むしろ納得したように「ふふ」と笑い声をもらしただけだ。

ただそれだけのことを重大な秘密のように大事に抱えている人は、かわいらしい。

そういえばオーナーが「べっぴんさんだね」と言った時にも、この人は同じように笑っていた。自分ならおそらく「いやいや」とかなんとか言って照れ笑いを浮かべ、無意味に手をせわしなく動かす。そうしてその晩布団にもぐりこんだあとに「お世辞なのに、真に受けてばかな女」と思われなかっただろうかと、ぐずぐず悩む。

他人の言葉については常に裏を読まねばならない、と思ってきた。でも中原さんは違うのだ。差し出されたプレゼントのようにそのままを受け取る。そういう人生だったのだろう。なんか、いいな。大富豪の邸宅を眺めるように、目の前の相手を眺めた。反発する気持ちすらおこらない。ただただ、「わぁ、いいな」とだけ思う。

「そういえば、もうすぐなつまつりですね。保育園の」

微笑みをおさめた中原さんが、とつぜん話題を変えた。

「そうですね。あ、でもそのまえに夏休みがあります、ね」

保育園では毎年、八月末の日曜日に「なつまつり」が行われる。保育園内に設置されたテントの下に金魚すくいや的あてのコーナーがつくられ、子どもたちはおみこしを担いで町内を一周する。

朱音にとっては、「なつまつり」のことよりもずっと夏休みが気がかりだ。宏明の母がお盆のあいだ鈴音をこちらで預りたいと連絡をしてきたせいだ。あの家のお盆は毎年、宏明の姉と弟がそれぞれの家族を連れて泊りにくる。宏明の母は、鈴音を鈴音のいとこたちに会わせてやりたいのだと言う。

「鈴音ちゃんだって楽しみにしてたはずよ。親が離婚したせいで今年からそれができなくなっちゃうなんてかわいそうよ」と宏明の母は言う。「それに、朱音さんだって、たまにはひとりのお休みを満喫したらどう？」とも。ひとりのお休みなんていりませんからと断ったが、宏明の母は一度なにかを言い出すととてもしつこい。これで終わるとは思えない。

鈴音がかわいそう。「子どもがかわいそう」という言葉で攻撃してくる人には負けたくない。親という生きものの繊細な部分を突っつけば自分の要求を押し通せると思っている人に負けてはいけない。あらためて決意した朱音の頭上に、声が降ってきた。「莉子」とその声は呼んでいる。莉子、莉子ってば。太陽を雲が隠すように、中原さんの顔が翳《かげ》った。

「みなみ」

中原さんは笑顔をつくろうとしているようだが、頬が引きつっている。

「偶然！　なにしてんの？」

声をかけてきた「みなみ」は、中原さんがよく一緒にいる、年長クラスの子どもの保護者だ。顔はわかるが、名前は知らなかった。

「莉子、鈴音ちゃんのママと仲良くなったんだー」

朱音は軽く頭を下げたが、「みなみ」はちらりと朱音を見ただけで、またすぐ中原さんに向き直る。

「えー、いつから？　いつ友だちになったの？　びっくりなんですけどー」

な、と、中原さんが声を発する。ひどく焦っているような、上擦った声だった。

「仲良くなったとか、べつにそんなんじゃないよ」

いろいろ、偶然が重なって、それで、ただちょっとお茶でもっていう話になって。そんなふうなことをしどろもどろになりながら説明する中原さんを見る「みなみ」の頰に薄笑いが浮かび、こぼしたインクの染みのようにゆっくりと広がっていった。

ふたりの関係性は、朱音にはわからない。わかるのは、中原さんが朱音と一緒にいるところを他人に見られるのは恥ずかしいことだと認識しているらしいことと、「みなみ」にとって中原さんが朱音と一緒にいることは嘲笑すべき事象らしいということだった。

中原さんはまだなにか喋っている。時折朱音に同意を求めるようにこちらを見もするが、朱音は彼女の声を聞きとることができない。目の前にいるのに、音を消したテレビのようだ。やっぱり、お茶に誘われた時に断ればよかった。なんてもったいないお金の使いかたをしてしまったんだろう。

今さらもう、遅いけれど。

＊

『喫茶くろねこ』の仕事は、ほんとうに簡単だった。指示されたとおりにやればいい。おしぼりを補充しておいてね。これ、三番に運んでね。うん、そう、ドアから数えて一番、二番、三番だよ。何度同じことを訊いても、同じように答えてくれる。

メニューに記載されたコーヒーはただのコーヒー。紅茶はただの紅茶。豆や茶葉の種類が何種類もあるとか、そんなこともない。

客のほとんどはなじみらしく、八割がた会社員だ。ややこしいオーダーをしてくることもない。一度だけ、「いつもの」と言われて困ったことがあったが、カウンターの内側には客の「いつもの」の一覧表がはりつけてある。だってみんなの「いつもの」なんかいちいち覚えてられないもんね、とマスターは笑っていた。

いや、悟志《さとし》さんと呼ばなければならないのだった。初日にそう呼んでくれと言われたから。なにげなく佐々木もそう呼んでいるのかと訊ねたら「いや、あの子は呼ばないよ」とのことだった。

「朱音ちゃんは、そういう人だからさ。心に国境があるんだよね」と悟志さんは言う。安易にプライバシーを踏み越えようとしたら銃殺されそうな感じがする、と。

「銃殺されるんですか？　こわいですね」

かたくなで、めんどくさい人。もとより良くない佐々木の印象に、その一行が書き足される。いい年してばかみたい。

「でもね、踏み越えそうになる直前に、ちゃんと警告出してくれるから」

そうですか？　と言いそうになった。でもこのあいだ、せっかくお茶に誘ったのにきゅうに不機嫌になってさっさと帰っちゃったんですよ、と。理由も言わずにですよ。失礼だと思いませんか？

いやでも、とテーブルの容器のグラニュー糖を補充しながら、莉子は思う。あの時は美南に偶然会ったから、それがいけなかったのかもしれない。美南の態度には他人をばかにしているようなところがある。そのことに思い至り、すこしだけ佐々木がかわいそうになる。悪いことしちゃったかもしれない。

今度会ったらちゃんとフォローしてあげなくちゃ。あの子美南って言うんですけど、そんなに悪い子じゃないんですよ。わたしにたいしても、たまに信じられないぐらい馬鹿にした、感じ悪い態度とる時あるんです。そんなことも知らないの、みたい感じで。あれ、やですよねー。そんなふうに言ってあげて、気持ちを軽くしてあげよう。

莉子は自分が考えたことに驚いて、グラニュー糖をすこしこぼしてしまう。わたしは、美南にたいしてそんなふうに思ってたんだろうか。でも美南が、とくに最近の美南が感じが悪いのは事実だ。

カフェで佐々木が去った後、莉子の正面にどっかりと座りこみ、「ね、あんた最近、あたしのこと避けてない?」と薄笑いを浮かべていた。

「べつに」

いろいろ忙しくて、と濁した。

「いろいろってなによ。もしかして大樹に浮気でもされたの?」

なんて勘がいいんだろうと驚いたが、もしかしたら雅紀経由でなにか聞いて知っていたのかもしれない。でもその驚きのせいで、かえって冷静になった。

「ああ、そのこと? べつに。もう別れたらしいから」

浮気ぐらいたいしたことじゃなくない? そう言い添えて、つんと顎を上げた。わたしはそれぐらいでじたばたしませんけど、というところを見せてやりたかった。

「へえ。じゃあ立候補しちゃおっかな、大樹の新しい愛人に」

美南は笑いながら、とんでもないことを言い出した。

「なにそれ」

「だって、浮気ぐらい、たいしたことじゃないんでしょ?」

冗談だとわかっていたのに、なにひとつ気の利いたことを返せなかった。おそらく顔もひきつっていたはずだ。美南はぷっと噴き出し、「もー、莉子冗談通じなさすぎ」と肩を叩いて、連れの待つテーブルに戻っていった。

佐々木ならああいう時、どんな態度をとるのだろう。にこりともせずに、思ったことを思ったまま言うのだろうか。莉子は「冗談が通じない」という評価に動揺して、つい同調するように笑ってしまったけれども。

愛されるでもなく、嫌われるでもなく、なにをしても「そういう人だから」で済まされる種類の人間が、世間には存在する。佐々木はそういう人、という感慨に染みついた、軽い汚れのような感情。「うらやましい」とは違う。莉子は佐々木のようにはなりたくない。誰にもうらやましがられていないくせに、みょうに堂々としている。だから気になるのかも、と自分なりに分析してみた。べつに好きじゃないんだけど、なんか無視できない。ただそれだけ。

「莉子ちゃん、これ六番にお願いします」

「はい」

差し出されたトレーを手に店の奥に進む。カウンターにいた客のひとりが「よかったねマスター、美人が来て」と言うのが聞こえた。悟志さんの返答は聞こえなかった。

『喫茶くろねこ』の常連のほとんどは四、五十代以上の会社員ふうの男性か老人で、最近彼らも悟志さんに倣《なら》って莉子をちゃん付けで呼びはじめた。美人だね。子どもがいるとは思えないね。莉子ちゃんが来てから店が華やかになったね。そんな声をかけられるたび、ここはいい職場だなと思う。働きやすい職場でよかったという安堵は、同じだけの焦燥を連れてくる。

わたしはほんとうはこんなところにいるべきじゃないのに。こんなところでおじさんたちにちやほやされて満足してるような、その程度の人間じゃないのに。「よかった」と「でも」は、水と油のように交わることなく、きっぱりと分離したまま莉子の中で絶え間なく揺れ続ける。

ドアベルが鳴って振り返ると、見たことのない客がうつむきかげんに入ってくるところだった。

「いらっしゃいませ」

悟志さんに続いて、同じ言葉を機械的に発する。スーツを着ているけどネクタイはしていないその若い男は、文庫本を筒みたいに丸めて持ち、すれ違いざまにぼそぼそした声でカレーを注文していった。莉子に一瞥《いちべつ》もくれなかったわりに「お願いします」と丁寧につけくわえた。メニューを必要としないということは、はじめての客ではないのだろう。

厨房にひっこんだ悟志さんがカレーをあたためるあいだ、莉子はグラスに氷を入れながら男を観察した。男は持参した本を開いたところだった。

最近、電車の中でもどこでも、本を読んでいる人が気になる。佐々木の鞄にいつも本が入っているせいかもしれない。莉子のまわりには今まで、日常的に本を読む人間がいなかった。

佐々木はいつも図書館で本を借りるのだそうだ。ぼろぼろの鞄から、よく分厚い本がはみ出している。「わたし今までほとんど本とか読んだことないんですけど、おすすめとかないですか」と訊いたら、困ったような顔をされた。

「中原さんがどういう話をおもしろいと感じるかわからないので、すみません」

佐々木はなにをもったいぶっているのだろう。なにかの賞をとったとか映画化したとか、そういうのを適当にちゃちゃっと挙げてくれたら、それでよかったのに。

テーブルにお冷のグラスを置こうとした時、ふいに本を読んでいた男が顔を上げた。莉子と目が合った瞬間、男は驚いたように大きく身を引き、椅子の背もたれに背中を打ちつけた。その反応に驚いて、莉子はグラスを取り落としてしまう。

テーブルの上に落ちたグラスは割れはしなかったが、男には勢いよく水がかかった。胸元にも、膝にも。おそらく、靴にも。

よほど冷たかっただろうに、男は小さく呻《うめ》いただけだった。むしろ、莉子の悲鳴のほうが大きかった。どうしたの、莉子ちゃん。店内のあちこちから、そんな声がかかる。

悟志さんに「園田くん」と呼ばれた男は、謝る莉子の目をいっさい見ずに「大丈夫です」と何回も言い、濡れた服のまま押しこむようにカレーを食べ終えると、大急ぎで会計を済ませて出ていった。

「わたしのこと見た瞬間に、こう、こうやって飛び退いちゃって、あの人」

「美人過ぎてびっくりしちゃったんじゃない」

悟志さんは莉子を責めることもなく、のんびり笑っている。

「まあ、実際のところはよくわからないけど、なにか面食らったんだろうね。でも気にする必要ないよ。今時の若い人はナイーブだから。園田くんはとくにそんな感じがするね」

ナイーブ、と繰り返す莉子に、悟志さんは「不用意に触ったら指紋がつきそう、ってやつだね」と言葉を重ねた。昔読んだ小説にそういう表現があったんだよね、なんていうタイトルだったかな、とも言われたが、そんなこと莉子にわかるわけがない。悟志さんも本を読む人なんだなと、なぜか裏切られたような気分になった。

「ナイーブ」な「園田くん」の反応は、莉子に困惑と同時に、新鮮な驚きをもたらしもした。大樹ならあんな状況では、ぜったいに「大丈夫」だとは言わないから。

以前、大樹の実家で食事の用意を手伝っている時に、スープを配膳しようとしてテーブルに数滴こぼしてしまったことがあった。

「おい、なにしてんだよ」と大樹は怒鳴った。「ばかじゃねえの」と吐き捨てるように言いもした。大樹の母が「そんなふうに言わなくてもいいでしょ」と庇ってくれなければ、恥ずかしいのと情けないのとで泣いてしまっていたかもしれない。家に帰ってから、大樹は「莉子のためだった」と言った。ああすれば大樹の家族は莉子の失敗をとがめない。あえて悪者になってやったのだと言わんばかりだった。

あの時の自分は、どうしてあんな馬鹿げた説明にあっさり納得してしまったのだろう。

ナイーブでやさしい「園田くん」。次にお店に来たら、話しかけてみよう。なんの本を読んでるんですか、と。

仕事を終えると、スマートフォンに実家からの着信が残っていた。「もらいものの牛肉があるから寄ってくれ」という内容だった。姉も莉子も家を出て、実家は両親ふたりだけだ。年齢のせいか牛肉は脂が多くて、食べきれずに持て余すと言うので、遠慮なく受け取りに行く。

父は家の一部を改築して事務所にしている。母もその会社の経理関係を手伝っているが、毎日やることがあるわけでもない。莉子が今も持っている実家の鍵を使って入っていくと、母は居間で通信販売のカタログをめくっていた。つけっぱなしのテレビは再放送の医療ドラマを映し出している。ドラマの主人公は女性の外科医だ。決め台詞が数年前に流行した。

「仕事はどうなの」

質問しておきながら、母は莉子のほうを見ずに席を立つ。

「お客さんも、みんな親切だよ。今日ね……」

台所でお茶を淹れはじめた背中に向かって発した莉子の言葉は、母の大きなため息にさえぎられる。

「……あんたも、ねぇ」

テレビからドラマのテーマ曲が流れ出し、きゅうに音量が上がったように感じられる。おそらくクライマックスなのだろう。莉子はテレビに背を向けて座っているが、振り返ってたしかめる気もおきない。

「あんたもねえ、まじめに勉強してたら、今頃もっといい仕事につけたんだろうけどね」

「なに、それ。どういう意味」

「この人なんか、きれいで頭もよくて、すごいよね」

湯呑みをふたつ盆にのせて運んできた母の視線は、テレビに向けられていた。

天才外科医って言ってもフィクションじゃない、と反論しかけたが、もしかしたら母が「すごい」と言っているのはこの主演俳優のことなのかもしれない。そんなことより、と思う。そんなことより、母に言いたいことが山ほどある。

女の子はかわいければいいのよ。

おさない莉子の髪を梳《と》かしながら、母はかつて呪文のようにその言葉を繰り返した。母は莉子のテストの点数が悪いことを叱らなかった。夜遅くまで起きていると「肌が荒れる」と言って、怒った。それが試験勉強のための夜更かしであっても、関係なかった。ゲームは「無駄遣い」だとつっぱねるが、ヘアアイロンは莉子がねだる前にいそいそと買い与えた。

かわいければ愛されて、それで幸せになれるんだから。

「男よりできる女は好かれないって、お母さんがそう言ったんじゃない」

どうにか叫ばずに、笑顔で言えた。あなたはたしかに言った。頭が良すぎると男に好かれないと。せっかくかわいく産んであげたんだからその長所を大事にしてほしいと。稼ぎのいい男と結婚したら働かなくて済むんだから、そういう男に選ばれるように外見を美しく整えるほうが効率がいいと、そう言ったではないか。

「言ったよ。でも時代は変わったんだなって、お母さん最近思う。もう、そういう時代じゃないんだね、きっと」

母はやっぱり莉子を見ない。テレビを見つめたまま「なんか、失敗しちゃったかもね」と呟いた。

「ごめんね、莉子」

頭をぶつけた時のように、耳の奥で大きな音が鳴り響いていた。よく聞いてみると、その声は「失敗」と繰り返しているのだった。失敗失敗失敗失敗。失敗しちゃったかもね。

手のひら返しって、きっとこういうことを言うんだろうな。そう思ったら視界がぼやけて、母の顔が見えなくなった。今さらなに、と強く思うことで「失敗」の声を打ち消した。今さらなに。今さらなんでそんなこと言い出すのよ、お母さん。

わたし、どうしていいかわかんないよ。

子どもの頃に、一度だけ迷子になったことがある。五歳だった。遊園地に行った時、キャラクターの絵柄入りの風船を買ってとねだったのに、母は買ってくれなかった。座りこむ莉子に向かって「そんなに駄々こねるなら置いてくよ」と言い放ち、人ごみに消えた。

駄々をこねるなら置いていく、と告げて立ち去る。それは莉子がなにかわがままを言った時に母がかならずやってみせることだった。離れたところで様子を見ていて、しばらくすると戻ってくるのだ。

でも母はその時に限って、いつまで待っても戻ってこなかった。焦った莉子は園内を走り回り、母をさがした。インフォメーションで母を待っている時間は、永遠のように思えた。もう二度と家に帰れないような気がした。ようやく迎えにきた母は「ごめんね、莉子」と言ったが、その顔はすこし怒っているように見えた。

あの時と同じだ。ごめんね、莉子。謝られているのに、詰《なじ》られているみたいに聞こえる。耳の奥で誰かが笑っている。姉の笑いかたにそっくりだった。

姉は、母の言うことをちっとも聞かなかった。いちおう相槌は打つのだが、真剣に聞いていないことがあからさまで、時には小馬鹿にするように鼻で笑ったりもしていた。子どもの頃からみょうに冷めていて、莉子たちが遊園地に行ったその日も「わたし、行かない。テレビ見たいから」と、ひとりで留守番することを選んだ。

あの頃、自分は姉にたいしてどんなふうに思っていたのだったか。そうだ、「かわいそう」だ。姉はひがんでいるのだと思っていた。お姉ちゃんはお母さんみたいにきれいじゃないしわたしよりかわいくないから。

今ではもうほとんどこの家に寄りつきもしない姉は、もしかしたら知っていたのかもしれない。母がいつか、こんなふうに手のひら返しをしてくることを。

「なんか、疲れちゃった」

泣いていることを悟られないように、テーブルに突っ伏す。背後で父の「お、莉子。来てたのか」という呑気《のんき》な声がした。

＊

『喫茶くろねこ』には、もう行かないつもりだった。店の前までは来たものの、看板を前にしてもまだ迷っている。もうここには来ないつもりだった。水をこぼされたからではない。だってあれは中原大樹の妻に気づいた時の自分が過剰な反応を示して、それで彼女を驚かせてしまった結果ああなったというだけで、どちらかというと自分に非がある。

でもまさか、中原大樹の妻が店員としてあそこにいるなんて思わなかったから。

「『喫茶くろねこ』から伝言があります」

佐々木朱音からそんな電話がかかってきたのは、昨晩のことだった。メモを読み上げるような口調だった。実際に読み上げていたのかもしれない。メモ用紙を目の高さに持ち上げている姿が見えるようだった。

自分の失敗のせいでお客さんをひとり失ってしまったのではないか、あの人が二度と来なかったらどうしようと店員のリコチャンが毎日気にしているので、園田さんさえよければ店に来て「気にしないで」と言ってあげてほしい、とのことです。

「いや、あの、じつは」

状況を説明しようとしたのに、佐々木朱音は「いえ、べつに興味ないんで」とそっけなく遮《さえぎ》って電話を切った。

佐々木朱音に伝言を頼んだことが示すように、『喫茶くろねこ』のマスターは自分の連絡先を知らない。ならばこのまま無視していてもいいのかもしれない。でも、そうするとまた佐々木朱音に連絡が行ってしまうのかもしれない。それだと、また迷惑をかけることになる。

簡単なことだ。ただひとこと言えばいいのだ。「いや、ぜんぜん気にしてないですよ」と。それだけなのに、どうしても足が動かない。『喫茶くろねこ』の店員の姿ではなく、スーパーマーケットの店内で髪を押さえながら「すみません」と謝る中原大樹の妻の姿が、くりかえし頭に浮かぶ。

『喫茶くろねこ』で会った時すぐにわかったのは、その数日前に顔を見ていたからだ。日曜日に中原大樹を尾行していた時にかなり接近し、言葉を交わしもした。相手はおそらくそのことを覚えていないだろうが。

その日曜日、中原大樹と妻子は車で中原大樹の実家に行った。そこで数時間過ごし、帰りにはスーパーマーケットに寄った。娘と手を繋いでいたのも、カゴを持っていたのも妻のほうだった。中原大樹は無造作な手つきでそのカゴの底にビールの六缶パックを置き、スナック菓子の大袋を投げ入れていた。

中原大樹の妻がサッカー台でエコバッグに商品を詰めている時に、娘が「ねーママ、ママ」とスカートを引っぱり、そのせいで中原大樹の妻はパンの袋を床に落としてしまった。

「ああもう、なにしてんだよお前」

店内に響き渡るほどの舌打ちをしたあと、中原大樹は「言っとくけど俺そのパン食わねえから。ほら芽愛、車で待ってような」と娘を抱《かか》え上げて出ていってしまった。中原大樹の妻はカゴの端を摑んで、その場に立ち尽くしていた。その場にいた人たちはみな気まずそうに、遠巻きに様子を窺っていた。園田は彼らをかきわけるようにして近づき、パンの袋を拾った。そうせずにはいられなかった。

「あの、これ」

「すみません」

それだけの会話だったし、中原大樹の妻はこちらを見もしなかった。けれども園田は、彼女の目の縁に涙が溜まっていることに気づいてしまった。

思い出すとますます気が重い。やはり今日は帰ろうと踵を返しかけた時、内側からドアが開いてマスターが姿を現した。

「あー、園田くん！　来てくれたんだ！」

この人が自分を歓迎してくれているのは、だいじな客だからではない。自分のところの店員を安心させたいからなのだ。どうぞどうぞと背中を押され、これまで一度も座ったことのないカウンター席に案内される。

中原大樹の妻はカウンターの向こう側で、銀色のトレーを抱きしめるようにして立っている。いや、この人はここでは、中原大樹の妻ではないのだ。ちゃんと自分の名前を持って働いている、ひとりの人間なのだ。なんと呼ばれていたのだったか。

「莉子ちゃん、今のうちに休憩取っちゃって」

「あ、はい」

そうだ、その名だ。卒業アルバムに記されていた名は、桜井莉子。名を見ても中学生時代の写真を見てもさっぱり思い出せない、桜井莉子。

多くの人は、男子中学生を「異性への興味に満ち満ちた生きもの」と考えているらしい。園田にはそれが、当時も今もよくわからない。

はじめて異性と肉体関係をもったのは二十三歳の時だった。園田が望んだというよりは、なかば雰囲気に流されるようにしてそういう状況になった。相手が慣れていたおかげでスムーズに運んだ。園田くん初回にしては上出来だったよ、とよくわからないはげましかたをされた。その人との「次回」はなかったが、とくに惜しいとは感じなかった。

自分は女があまり好きではないのかもしれない、とその時はじめて気がついた。かといって男が好きなわけでもない。

他人全般に興味がない、というわけではない。そう思いたい。中学校の同級生についての記憶がやたら薄いのは、おそらく防衛本能だ。中原大樹たちについても、自分がされたことは覚えているがその他のことは忘れている。たとえば彼らが入っていた部活とか、成績がどれぐらいだったとか。

「このあいだはすみませんでした」

中原莉子はなんのことわりもなく園田の隣に腰を下ろした。

「いえ、ほんと、大丈夫です。こちらこそすみません」

「よかった。もう、来てくれないかと思ってました」

目を合わせないように、園田は前を向いたまま「大丈夫です」と繰り返す。カウンターの奥の飾り棚に並んだ置物に気を取られているふりをしているが、ほんとうはさきほどからずっと、頬のあたりに視線を感じている。

ゆっくりと十数えたが、視線が移動した気配はない。

どうしてそんなに見るんだ。中学の同級生だと気づいているのかと思うと、嫌な汗が噴き出す。

「ちょっと莉子ちゃん、いい男だからってあんまり見つめちゃだめだよ」

マスターがそんなふうにからかうほど、中原莉子は長いあいだ園田のことを見ていた。

「え……嫌だ、そんなんじゃないですよ」

中原莉子のほうに、ゆっくりと視線を移動させた。最初はカウンターの上に置かれた手を。薬指にはまった銀色の指輪と、淡いオレンジ色に塗られた爪を。おそるおそる視線を上に移動させると、ばっちりと目があってしまう。

おそらく「同じ中学校でしたよね」というようなことを言い出すのだろうと身構えた時、中原莉子がふんわりと微笑んだ。そこに昔の恋人の顔が重なる。つきあいが深くなった頃ではなく、出会ったばかりの頃の。去年知り合ったが交際には至らなかった女性の顔もそこに重なった。彼女らと今目の前にいる中原莉子はまったく似ていないのに、同じ表情を浮かべている。見覚えのある、やわらかな好意とかすかな媚びを含む微笑みが、今、自分に向けられている。

ねえ、佐々木朱音さん。頭の中で話しかけた。あなたは復讐していいと言いましたよね。これは、復讐でしょうか。自分がかつてさんざんに嘲《あざけ》り、蔑《さげす》んだ男に自分の妻を奪われるということは、中原大樹にとっては最大の屈辱ではないでしょうか。

頭の中の佐々木朱音は、答えない。答えてくれない。中原莉子はまだ園田から目を逸らさない。

第七章

自分はやはり買いものに致命的に向いていない人間なのだろう、というようなことを、園田はさきほどからくりかえし考え続けている。近所のコンビニだろうがセレクトショップだろうが書店だろうが関係ない。入店して自分に必要なものを選びとり、会計を済ませて出てくる。ただそれだけの行為に、毎度疲労困憊《こんぱい》している。まず店員とのやりとりに疲れる。ではネットショッピングならいいのかと言えば、そういうわけではない。選択と決断にともなう一連の脳の活動が、園田にとっては大仕事なのだ。

「それはもう、結婚しかないんじゃない？」

お昼はお蕎麦《そば》でいいんじゃない？　今日は傘はいらないんじゃない？　その程度のことのように、兄の妻は結婚の話をする。

「どういうことですか」

「しっかりした女の人と結婚してさ、明日着る服でも夕飯のメニューでも、なんでもぜんぶ決めてもらったらいいのよ」

「結婚ってそんな目的でするものじゃないでしょう」

園田の反論に、兄の妻は「どんな目的でもいいんだって」と声を大きくする。

「あのね、世の中には、ぜんぶ自分が決めたい人だっているの。常にハンドルを握っていたいっていう人。そういう人の助手席に乗せてもらえばいい」

常にハンドルを握っていたい人。それはおそらく、自分の人生を他人の運転にまかせたくないということだろう。配偶者、つまりは他人の些末な日常の選択まで引き受けたいということではない気がする。

「いや、べつに結婚じゃなくてもいいの。結婚に限定しない。こっちはただ、律くんに幸せになってほしいだけなんだからさ」

「それは同感ですね」

「なにそれ、他人事みたいに！」

兄の妻の声がさらに大きくなったせいか、前方を歩いていた姪が振り返った。左手を祖父と、右手を祖母とつないでいる姪の身体はとても小さく、囚《とら》われの宇宙人のようだった。

ひさしぶりに会った姪は、すっかり人見知りな子どもに成長していた。改札で出迎えた園田が腰を屈めて「こんにちは」と挨拶すると、さっと自分の母親の陰に隠れてしまった。

「こんにちはだなんて、他人みたいなこと言うからよ」

隣にいた園田の母は、園田を肘で小突《こづ》いた。その母がかけた言葉は「大きくなったね」だったが、姪の反応はやはり芳しくなかった。幼児には自分が大きくなっている自覚などない。それこそ返答に困ると園田は呆れ、とたんに目の前の小さな人が気の毒になってきた。しかし園田の母のほうは幼児の内面をあれこれ分析するような人間ではない。「あらまあ引っ込み思案なのね、ひとりっ子だもんね、さあ行きましょ行きましょ」と兄の妻の手からもぎ取るようにして、姪を引っ張っていってしまった。園田の父がそのあとを追いかけ、負けじと姪の反対側の手をとる。おいてけぼりをくらった兄の妻と園田が彼らの後ろについて歩くことになった。

今日は園田の両親にとっては初孫である姪の、ランドセルを買いに行く日なのだった。兄は「好みも変わるかもしれないし」と言ったそうだが、園田の母は地元の百貨店でセミオーダーのランドセルを買ってやるのだときかなかった。

だって入学するの再来年だよ、と呆れる兄の気持ちはわかる。せめて来年、年長になってからのほうが、と兄の妻も一度はやんわりと断ったらしいのだが、母はまるで耳を貸さなかった。そういうところが、この人にはある。

「お金を出すのはわたしなんだから」と鼻息荒く、わざわざ遠方に住む兄一家を呼び寄せた。しかし兄は仕事が忙しいだとかそんな理由で、来られないという。

そこで園田に声がかかった。兄の妻から「ひとりぐらい、わたしの味方がほしいから」と懇願されたのだ。彼女は園田の両親を完全に敵だと思っている。ランドセルをめぐって意見が対立するに違いないと決めつけていた。

「律くんがいれば、三対二になるもの」

兄の妻、姪、園田で三人。人数はこちらが優勢だ、と兄の妻は主張する。

長男はしっかり者、三男はちゃっかりした子、次男は箸にも棒にもかからない子でね。以前、母が近所の誰かにそう話しているのを聞いたことがある。冗談まじりの口調だったが、園田本心だろう。三対二になったところで母が自分の意見に耳を貸すとは思えなかったが、園田は「善処します」と答えた。兄の妻をことさらに不安がらせる必要もない。

それに、今日ここに来た理由は、他にもある。

ＪＲ明日見駅からは歩道橋が延びていて、それぞれ市役所や多目的ホール、図書館に続いている。駅西側の歩道橋のひとつは百貨店に直結している。ショッピングモールができてからはほとんどの人がそこで買い物をするようだが、今でも「ちゃんとしたもの」を買う時にはこの百貨店を選ぶ人も多いようだ。ちゃんとしたもの、というのはお中元だとかお歳暮だとか、孫のランドセルといったもののことだ。あるいは、助けてくれた相手に贈るハンカチとか。

ランドセル選びには結局、数時間を要した。素材、色、微妙なサイズの違い、金具の種類、名入れをするか否か。押し寄せる情報の波に押し流され、溺《おぼ》れそうになりながら、なんとかその場に踏みとどまった。とはいえさすがに限界はある。意識が遠のきかけた頃に、ようやく話がついた。仕上がりは数か月後だという。

「お腹すいちゃったね、ごはん食べよう」

鰻《うなぎ》か寿司かと大はしゃぎの両親だったが、姪が「オムライス食べたい」と言ったので、最上階のレストランに入ることになった。

注文を済ませると、姪は絵本のようなものを取り出す。マグネット式の着せ替え絵本で、姪は次から次へと服を着せ、帽子を取り換え、靴を履かせてはまた脱がせる。

園田の母は横から覗《のぞ》きこんで「その組み合わせは変よ」「こっちがいいよ」などと口を挟んでいるが、園田の父は着せ替え絵本にはまるで興味がない。兄の妻に向けてしきりに話しかけはじめた。

「ふたりめは、やっぱり男の子が欲しいだろ」

無遠慮な物言いにぎょっとしたが、兄の妻はさほど驚いた様子もなく、あいまいに笑っている。その様子から、園田はこのような会話が彼らのあいだで幾たびも交わされてきたことを知った。

ふたりめの子どもをつくるか否か、ではなく、つくるものだと決めてかかっていること、その性別を「やっぱり」「男の子」と決めてかかること。両親が兄の妻から「敵」と認定されるのも、すこしもおかしなことではない。

「お前、結婚は」

園田の父の矛先《ほこさき》が、今度はこちらに向いた。

「しないよ」

「はっきり言うなあ。相手がいないのか?」

「そうだよ、いないよ」

園田の父は身を乗り出して、会社にいい人はいないのか、どうなのかと質問を重ねる。すると園田の母も「あんたはぼんやりしてるから」「積極的にいかないと」と加勢しはじめた。いつもなら「はいはい」で終了だが、そうするとまた兄の妻のふたりめ云々に話題が戻りそうだったから、もうすこし粘ることにした。

「結婚のなにがそんなにいいのか、おれにはわからないよ」

なぜこの人たちは、信じられるのだろう。息子に「結婚はいいものだ」と語る資格が自分たちにはあると、どうして信じられるのだろうか。あれほどいがみあい、醜く罵《のの》り合う姿を見せておいて。復縁後もたいして仲睦まじいわけでもないこの人たちが、いったいどうして。

「なにがって、あんた」

園田の母がため息をつき、父がまたなにか言ったが、聞き取れなかった。園田の目は、いましがた入ってきた客に吸い寄せられる。

中原大樹だ。莉子と、彼らの娘も一緒だ。年配の女は、中原大樹の母。莉子はうつむいており、園田に気づいた様子はない。

彼らは衝立《ついたて》の奥の席を選び、園田の座っている位置からは姿が見えなくなる。

先週、『喫茶くろねこ』で莉子から聞いた。

「夫の母が人形づくりの教室に通ってるんですけど、その教室の先生が百貨店で個展を開くらしくて。それをみんなで見にいかなきゃいけないんです。せっかくの日曜なのに」

頬をふくらませるようにして話す莉子に、園田は「ぼくも姪のランドセルを買いに行くんですよ」と言った。

「じゃあ、ばったり会っちゃうかもしれませんね」

莉子の「会っちゃうかも」は、園田には「会えますように」というふうに聞こえる。そうですね、と短く答えた。

「なんか、ちょっとだけ楽しみになってきたかも」

莉子はごく小さな、それでも園田には確実に聞こえてしまう程度の小さな声で、そう呟いた。

「聞いてるか、律」

「うん、聞いてる」

父がいい気分で喋っているらしいので、そのままにしておく。内容はほとんど耳に入ってこない。運ばれてきた料理を口にしても、ほとんど味がわからない。

衝立の奥から、時折中原大樹の笑い声が漏れてくる。なにを喋っているかまではわからない。一度だけ「こいつ」「バカ」という単語を拾った。莉子の声はまったく聞こえない。園田は料理を口に運び続ける。姪がぎこちなくスプーンをあつかうたび赤い米粒がこぼれ、いちいち園田の母が「あらあら」と騒いだ。

「いいかげんにしてよ」

莉子の叫ぶ声が聞こえた。椅子を蹴るような大きな音がして、衝立の奥からバッグを胸に抱いた莉子が飛び出してきた。

「あーあ、ママがキレちゃった」

中原大樹が笑いながら言うのも聞こえた。莉子はそのまま店の外に走り出ていく。

衝立の奥はしばらくざわついていたが、中原大樹の「ほっとけば」という言葉とともに、また静かになった。

「なにがあったんだろうね」

兄の妻に耳打ちされ、「そうですね」と返す自分の声を、園田は他人ののもののように聞いた。

＊

百貨店のレストランフロアの中央は、円形の広場になっている。大きな作り物の木が据えられており、木を取り囲むようにベンチが設置されている。床材の模様は石畳を模している。

今まで何度かこのフロアに来たことがあったが、ここはいつも素通りしてきた。

偽物の木、偽物の石畳。木の枝は長く垂れ下がり、空調の風に揺れている。隣に座る人の顔をちょうどよく隠してくれるような、そんな役目を果たしている。

だから今も、わたしの顔も誰にも見えてないはずだ。そう思いながら、莉子はベンチに座る膝に置いた自分の手を見ている。ミルクココアの色に塗った爪の付け根にごくわずかなすきまがあり、しばらくのあいだ爪の手入れを怠っていたことに気がついた。

ずっと昔、莉子の手をほめてくれた人がいた。「いつもきれいにしててえらいね」と。顔がきれいだとかかわいいだとかではなく、莉子の「手間」をほめてくれた人がいた。そのことを喜んだはずの莉子は、それが誰だったのかをもう思い出せない。男だったのか女だったのかすら、あやふやだ。

もしかしたら、そんな人は現実にはいないのかもしれない。莉子の「そう言われたかった」という願望が生んだ、偽物の記憶。この木みたいな偽物かも、と顔を上げたらさっき必死でおさえこんだはずの涙がまたこみあげてきた。

大樹が人前で莉子のちょっとした失敗や言い間違いをいじって笑いをとること。今にはじまったことではない。その程度のことで怒るのは冗談が通じなくてノリが悪くて気の利かない女のすることだ。だから莉子は、どんどん上手になった。照れたように笑ってみせることが、ほどよく拗《す》ねてみせることが、あるいは空気の流れを阻害しないように受け流すことが、呼吸するようにたやすくできるようになった。

でも今日はうまくいかなかった。できなかった。そもそも朝から憂鬱《ゆううつ》だった。大樹の母が通っている人形教室の先生の個展なんてものに興味が持てるはずがない。

大樹の母は、とてもいい人だ。個展に莉子たちを連れていくのだって、人形作家の先生が「人が少なかったらどうしよう」と不安がっていたからだという。そんな人を義理の母にもつことがどれほどの幸運であるかは、莉子だって知っている。

今朝、出がけにバッグにいれたはずのスマートフォンが見つからずおろおろしている莉子にたいして大樹が「決まった場所に入れときゃいいだろ」と舌打ちした時も、わざわざ迎えに来た大樹の母は「莉子ちゃんにそんなきつい言いかたしないの」と注意してくれた。十代の頃から、莉子をほんとうの娘のようにかわいがってくれた人。よくある嫁姑のトラブルなど無縁だった。でも今日は、そのやさしさがいちいち鼻についた。

大樹の母は、大樹がこぼした水を紙ナプキンでいそいそと拭いてやっていた。芽愛が顔を近づけてきた大樹を「ぱぱちかい」と押しやった時、「お父さんに向かってそんなこと言っちゃだめよ」とたしなめた。それを眺めながら、莉子はテーブルに置いた自分の手が凍えていくのを感じていた。

ねえお義母《かあ》さん、お義母さんはいい人ですね。大樹のことを大事に大事に育ててきたんですよね、そうやって甲斐甲斐しく世話を焼いて。「莉子ちゃん。男の人ってね、とても繊細なのよ」ってわたしに昔言ったこと、覚えてますか？　繊細だから、傷つけないように、プライドをへし折ることのないように接してきたんですね。だから大樹はずっと王様でいられたんでしょうね。

お義母さん。でもわたしも、あなたと同類なんですよね。この人を、大樹を、増長した王様のままで今日まで過ごさせてしまった。大樹の母への苛立ちは、そのまま自分への怒りでもある。

どうして、今日まで。

料理を待っている時、芽愛が人形を床に落とした。そんなの持って行かなくていいと出がけにとめたのに「つれていくの！」と言いはってリュックに入れてきた人形。拾ってやる時に、莉子はテーブルに軽く頭をぶつけた。大樹が「バカじゃねえの」と言った瞬間に、あふれた。グラスに注いだ水があふれるように、莉子は感情を爆発させた。

「いいかげんにしてよ」

叫んだら、涙声になった。

いいかげんにしてよ。頭ぶつけたんだから普通「だいじょうぶ？」なんじゃないの、じゃああんたが拾ってくれたらよかったじゃない、なんにもしないでふんぞりかえって、こぼした水までお義母さんに拭いてもらってさ、なんにもしない人はそりゃあ失敗もしないよね。余裕があっていいね、浮気するぐらい余裕なのね、すごいねすばらしいね、ねえ、もうほんとにいいかげんにしてよ。それらの言葉はかろうじて莉子の内側でとどまった。でも足は勝手に椅子を蹴り、手はバッグを摑んでいた。

「芽愛、おいで」

差し出した手を、娘は拒んだ。怯えたように大樹の母の腕につかまったまま、顔を引きつらせていた。だから、ひとりで飛び出してきたのだ。

「あーあ、ママがキレちゃった」

背中でその言葉を聞いた。それからずっと、この広場にいる。誰かが追いかけてきたら、すぐに見つけられる、この場所に。

広場にいる人々は、スマートフォンを覗きこんだり、紙袋のなかみを見せ合ったりして、みな楽しそうに見えた。透明人間になりたいと思う。そうすると誰かが迎えに来ても気づいてもらえない、とも思う。

大樹は迎えに来るべきだ。来てほしい、ではない。来るべきだ。妻を傷つけた夫は謝るべきだ。さっき、大樹は笑っていた。でもあれは、不安や動揺をごまかすための笑いだとわかっている。大樹の母が言うとおり、繊細で弱くてそのくせプライドだけは、やたらと高い男なのだから。

芽愛はママの跡を追いかけてきて泣くべきだし、大樹の母も息子の非礼を詫びるべきだ。それなのに、誰も来ない。待っているのに、誰も来やしない。

うつむいた莉子の膝に影がさし、その影の主が、隣に腰を下ろす。ゆっくり視線を横に移動させた。莉子と同じように、膝に置かれた手。男の手。視線を上げていくと、細いというよりは薄い身体の上にのった、見覚えのあるやさしげな顔が、心配そうにこちらに向けられていた。

「園田さん」

どうして、と問う声が震えた。自然に震えたのではなく故意に震わせたことに、莉子自身は気づかない。「こんなにも傷つき打ちのめされているわたしを見てほしい」という内なる願いに、たとえ気づいたとしても莉子は無視してしまえる。

「なにも、言わなくていいです」

「どうしたんですか」でも「だいじょうぶですか」でもなかった。園田は一部始終を見ていたと言う。

日曜日にばったり会っちゃうかもしれないですねと話した時、会いたいような気もしたし、家族と一緒にいる姿を見られたくないような気もした。先週の園田との会話を、遠い昔のことのように思い出す。

なにも、言わなくていいです、だなんて。どうしてこの人は、こんなにもわかってくれるのだろう。同じ家で暮らし、毎日会話している夫がすこしも気づいてくれなかったわたしの痛みを。どうして、と問いかけるかわりに、じっと園田の目を見つめた。とても濃く深い色をした、静かな目。こんな目の持ち主には、かんたんに見透かされてしまうのかもしれない。それでも、莉子は嘘をつく。つかなければならないと思う程度の冷静さは、かろうじて残っていた。

「だいじょうぶです。ありがとうございます。……そろそろ、戻らないと」

立ち上がろうとした莉子の手首に、園田が触れた。「戻らなくていい」と言い切るきっぱりとした口調とは裏腹に、壊れものをあつかうような慎重な手つきだった。押さえつけられたわけでもないのに、莉子はそのまま動けなくなる。

「でも」と言いかけた次の瞬間に目が合って、すべてが遠のいた。レストランに残してきた家族のことも、なにもかもぜんぶ一気に遠景になった。「このままどこかに行きませんか」という園田の言葉に頷きながら、自分の頬があたたかく濡れていくのを感じていた。

＊

普通自動車第一種運転免許。いつも履歴書にはそう書いてきたが、実際に役立ったのは、この仕事がはじめてだ。十八歳で免許を取って以来、車を運転する機会がなかった。運転免許証は朱音にとって単なる身分証明書と化していた。

　免許の更新の際に強制的に見せられる衝撃的な交通事故の映像を目にするたびに、心の底から「運転したくない」と思った。できればこのまま、一生。根拠はないが、自分は「些細な偶然が重なって」、あるいは「魔がさして」、なにか取り返しのつかないことをしでかし、不幸のどん底へと転げ落ちていく可能性のある、そういう人間だ、という思いがある。今日まで犯罪や事故や重大なトラブルに巻きこまれずに済んだのは単なる偶然に過ぎない。

　車を運転するということは、自分が加害者になる可能性を大幅に増やすということだ。社長から「佐々木さん、車で送ってくれるかな」と言われるたび肝が冷えるが、「人生のリスク回避のため運転はしません」と言うわけにもいかない。

　社長は毎日、自家用車で出勤する。人と会う予定がある時には、朱音にその車を運転させる。車名は何度聞いても忘れるが、高級車であるという認識はある。だから余計に緊張する。

「緊張しなくていいよ。佐々木さん、運転が上手だから」

「そんなことはありません」

「無茶なこともしないし、丁寧に扱ってくれるし」

　社長は「きみ、もっと肩の力抜いて生きなさいよ」と笑いながら、車をおりていった。それが二時間前のことだ。昼食会を兼ねての打ち合わせがあるという。おそらくすこし酒も飲むだろう。だったら最初から車を家に置いてくればいいのにと思うが、社長はタクシーなどに乗ることを嫌う。直前に誰が座ったのかわからないから、だそうだ。人にはさまざまなこだわりがある。

駐車場で待っていなくてもいいのだが、二時間程度の会食のあいだ、わざわざ「オフィス」に戻るのもなんなので、車内で本を読みながら待つことにした。今日は日曜日だ。社長の送迎のためだけに出勤して、明日代休をもらう。それでお給料がもらえるのだから悪くない職場だ、と思うことにしている。

以前ならぜったいに休日出勤など避けたかった。でも今は違う。離婚後、日曜日は宏明が鈴音と過ごす日になった。ひとりで家にいるより、仕事をするほうがよほどましだった。お盆の期間を一緒に過ごさせなかったことで、宏明の母はきっと怒っているだろうな、と思う。思うが、後悔はしていない。

昼食は車から出て、持参した弁当を食べた。すぐ近くに公園があって、さすがに暑かったが木陰は心地よい。打ち合わせに同席してくれてもいいよ、と社長は言ってくれた。あの店のナントカカントカは絶品だよ、とも。でも社長とその取引相手とテーブルをともにするという状況でそのややこしい名前の料理を味わう余裕はきっと自分にはない、とわかっている。お弁当をひとりで食べるほうが、よほどいい。

園田のメッセージに気がついたのは、昼食を終えて車に戻ってから数十分が経過した頃だった。お腹がいっぱいで、車の空調がちょうどよくて、読んでいた本の同じ行を何度も目でなぞりながら心地よくうとうとしかけていた。

「復讐の話をしたことを覚えてますか」という問いかけから、そのメッセージははじまっていた。「以前話した、あの大嫌いな同級生の男の妻である女性と、今一緒にいます」と書かれている。

「なんでまた」と間の抜けた返信をするとすぐに反応があったが、返ってきた園田の説明を読んでもやはり意味がわからない。「彼女が家族といるところに居合わせて、いろいろあって、連れ出したんです」。何度読んでも意味不明だった。大の大人をどうやって連れ出すというのか、殴りつけて気絶でもさせたのか。そのように問うとすこし間があって「そんなことはしてません」と返ってきた。「相手は『喫茶くろねこ』で働いているんです。こちらが同級生だとはまだ気づいていないみたいです」というメッセージが届き、思わず「え」と大きな声が漏れた。

園田が殺したいと思っていた相手は、では、中原さんの夫だったということか。中原さんを紹介してから、朱音は『喫茶くろねこ』から遠ざかっていた。そのあいだに園田はあの店に通いつめていたらしい。

復讐すればいい、と焚きつけたことを思い出し、朱音は頭を抱える。いそいで「中原莉子さんに危害を加えないで」「とにかく落ちついて」と送ると、「そんなことはしないです」と返ってきた。

「そこは信じてほしいです」

なんと返信しようか悩んでいるうちに、いったいなぜ園田はそんなことを自分にいちいち報告してくるのかと腹が立ってきた。なんでわたしに言うのよ。勝手にしてよ。

助手席側の窓がこつこつと叩かれる。社長が車内を覗きこんでおり、朱音は急いでスマートフォンを鞄に押しこんだ。

「どうしたの、具合でも悪いの」

「いえ」

目のふちを赤くした社長は、やはりすこし酒を飲んだらしい。

「なんでもないです。ただ、世の中には物語の主人公になれる人間となれない人間がいるんだな、ということを考えていました」

園田は自分と同じ、なれない側の人間だと思っていた。「そこは信じてほしい」と言う園田は、では中原さんをどうするつもりだというのか。復讐のために、なにをするつもりなのか。

「寝取る」という、朱音が普段使用する機会のない言葉が浮かんだ。それ以上具体的な想像はしたくない。

姿勢を正し、シートベルトを装着する。ミラー越しに、社長が「ははっ」と笑うのを見た。

「なに言ってるの？　ぼくらはみんな自分の人生の主人公なんだよ、佐々木さん」

自分の納得のいく人生を歩んできた人間特有の、明るくてまっすぐな思考だ。社長の明るさはいい。あまりにも自分から遠すぎて、反発する気も起きないから。

大半の人間は「こんな筋書きじゃないほうが良かった」と思っても割り振られた物語の主人公をおりられず、なかばうんざりしながら輝かしい他人の物語の背景みたいな日々に甘んじている。

筋書きが不満なら書き換えればいいじゃない、とでも言うのかもしれない。社長なら。いつものように屈託のない表情で。朱音は無言で、車を発進させる。

「それより、ね。佐々木さん」

腕時計を外しながら、社長が口調をあらためる。いつのまにか、その顔からは笑いが消えていた。

なにか、あまり良くない話がはじまるとわかった。勤務態度に問題があるとか、重大なミスがあったとか。でも社長が口にした言葉は、そのどちらでもなかった。そのどちらよりも悪かった。

「最近、会社にへんな電話がかかってくるんだよ」

「あ、無言電話ですか？　わたしも何度か受けました。最近多いですね」

一週間ほど前から、時折かかってくるようになった。朱音が電話をとると、すぐに切れる。最初の数回は電話の向こう側でテレビがついているらしき物音が聞こえてきたから、おそらく間違い電話ではないかと思っていた。間違えました、と言う手間が惜しくて切ってしまった、ただそれだけなのだろうと。

「いや、ええとね。違うんだ」

お前の会社で働いている佐々木朱音はろくでもない女だ、クビにするべきだ、という内容の電話であるらしい。

心当たりはあるかと問われて、何度か口を開きかけてはやめ、「ありません」と声を絞り出した。ミラー越しに、社長が眉をひそめるのが見えた。

「このこと、きみに話すべきかどうか迷ったんだけどね。でもね、気をつけたほうがいいんじゃないかなと思ったから」

知らないあいだに誰かからなにかの恨みを買っている、という可能性はあるからね、逆恨みであってもね、と言葉を継ぐ社長は、心から朱音を心配してくれているようだった。

「わかりました」

気をつけますと言いはしたが、いったいなにに気をつけろというのか。ハンドルを握る手に力がこもる。朱音は、今はとりあえず運転に集中しよう、と唇を引き締めた。

第八章

　朱音の父には、嫌いな言葉があった。「お嬢さんで良かったわね」。妻を亡くし、ひとりで娘を育てていた父にたいして、何度も悪気なく、時には美しいいたわりすら纏《まと》って贈られる言葉だった。

　お嬢さんで良かったわね、お手伝いしてもらえるもの。お嬢さんで良かったわね、もうすこし大きくなったら、お家のことも任せられるわね。女の子は、しっかりしてるから。

「自分が女親だったとしても彼らは同じことを言うのだろうか」という父の疑問は、そのまま朱音の「自分が男児だったら彼らはなんと言うのだろうか」という疑問に重なる。写し絵のように、ぴったりと。

　子どもが大人の代わりなんかしなくていいんだ。そんなふうに父は言った。父は朱音が小学生になると同時に、さまざまなことを教えた。包丁をつかわずにつくれる料理や、洗濯物を手早く干すコツ。朱音が「いつか、ひとり立ちする」その時のためだと言い、娘がそれらを難なくこなせるようになってからも、自分の身の回りのことを任せようとはしなかった。

父は毎朝自分の弁当をつめて出勤し、弁当箱は職場で洗い、帰宅してから毎晩自分の作業着を洗った。

もちろん、完璧ではなかった。スーパーマーケットの通路を歩きながら、朱音は父との暮らしを思い出す。不具合も不便もたくさんあった。けれども父はよくやっていた。自分が大人になり、親になり、そのことを思い知った。

「お父さんのことは気にしなくていいから」

父の口癖だ。よりいっそう娘を縛りつける言葉であることを、父自身は知らない。だってそうじゃないの、と朱音は思う。こんなに良い父親をないがしろにしたら、周囲の人はいったいなんと言うだろう。すばらしく良い父を持ったがゆえに、朱音は「孝行娘」でいなければならない。これから先もずっと。

スーパーマーケットに行くと、鈴音はカートを押したがる。なんでもかんでもダメとは言いたくないが、鈴音のカート操作はあやうい。左右にふらふらと揺れ、しょっちゅう人とぶつかりそうになる。朱音はカートに背後から手を添え、四方八方に気を配り、「そっちはダメ」「急に止まっちゃダメ」と騒ぎながら通路を進まなければならない。ひとりで買いものをする時の何倍も疲れる。保育園に迎えに行く前に買いものを済ませておくべきだった。

「ママ、おかし見てきていい?」

「お肉を選んでから、一緒に見にいこうね」

鶏肉のパックを手にとり、消費期限を確認してからカゴに入れる。鶏肉ならからあげにすれば、鈴音はたくさん食べてくれるだろう。でも今から帰って揚げものは面倒だ。市販のからあげ粉を使えばはやいが、問題はその後だ。油が飛び散った壁を拭き、汚れた油の処理をして。考えただけでうんざりする。そうだ、チキンソテーにしよう。揚げものよりは楽だ。

こんなふうに献立について頭を悩ませるのは、結婚していた頃も今も変わらない。せっかく自由になったのだから自分が食べたいものをつくればいいのに、鈴音が喜ぶか否かを優先してしまう。愛情とはすこし違う。「鈴音、これあんまり好きじゃない」というようなことを言われ、大量に残った料理を片付けるために自分ひとり翌日も翌々日も同じおかずを食べ続けるのが嫌なだけだ。

そんなふうに思うことを、誰にも話せない。すこしでも愚痴をこぼせば、罰として誰かに鈴音を取り上げられてしまいそうだ。はいダメ。あなた母親に向いてません、と。

「鈴音ちゃん」

聞き覚えのある声がした。振り返って、うっと小さく呻きそうになる。宏明の母が立っていた。かつては「お義母さん」と呼んでいた人を、なんと呼べばいいのか、いまだにわからない。どうしていいかわからず立ちすくむ朱音に、宏明の母は思いのほか敏捷《びんしょう》な動作で近づいてきた。

「ぐうぜんねえ」

買いものに来たら朱音たちを見かけた、だから声をかけたのだと、頰に手を当ててにっこり笑う。彼女が嘘をついていることは、すぐにわかった。

先週、宏明の母が保育園に現れたことは、ゆり先生からすでに聞いて知っている。お迎えに来ました、と宏明の母は言ったらしい。保育園ではいつもと違う人間がお迎えにいく場合には、事前に連絡が必要だ。ゆり先生がそう説明すると不満そうに帰っていったようだが、もしそのまま連れていかれていたらと思うと背筋が寒くなった。もちろん鈴音に危害を加えるような人ではないことは知っているが、勝手にそんなことをされるのは我慢ならない。

「鈴音ちゃん。ね、うちに寄っていかない？」

宏明の母はやさしい声で、鈴音に話しかける。鈴音は「え」と呟いて、朱音を見上げた。だめ、と心の中で叫ぶ。だめ、ぜったいにだめ、鈴音、断って。

「ママも、一緒に来ていいのよ」

来ていいのよ、ときた。許可を与える側なわけだ。むくむくと湧き上がる反発心のおかげで、狭まっていた喉がようやく開いた。

「すみません。今日は時間がなくて。そちらにはまた日曜に行かせますので」

「あなた、いつもそうね！」

宏明の母がいきなり金切り声を上げたため、周囲の人がぎょっとしたようにこちらを見た。

「日曜に、ってなによ。それはあなたが勝手に決めたルールじゃないの、どうしてわたしたちがそれに従わなきゃならないの。わたしは鈴音のおばあちゃんよ、おかしいと思わないの？」

そのように問われると「おかしいとは思いません」としか答えようがないのだが、正直に答えると確実にめんどうなことになる。

「……朱音さんって、なんでも勝手に決めちゃうのよね。ずっとそう。結婚式の時もお宮参りの時もそうだった。自分がいちばん正しいと思ってる」

呼吸を整えていた宏明の母が肩をすくめて「ふふっ」と笑い出した。とつぜんの余裕が、朱音を怯えさせる。ころころ態度が変わる人は、怒りっぱなしの人よりずっとおそろしい。

「朱音さん。あなたね、自分だけが常に正しいなんてことは、世の中にはないのよ」

今や宏明の母の態度は、「未熟な者を導く余裕ある年長者」のそれになりつつある。以前にも、こんな声を聞いた。

朱音さん、言っとくけどこれって常識よ。

朱音さん、鈴音ちゃんの気持ち、考えたことある？

あなた、ちゃんと乳がん検診には行ってるの？　だめよ行かなきゃ。

だってあなたのお母さん、乳がんで亡くなられたんでしょう？

遺伝するのよ、あれ。すごぉく高い確率で。わたし、心配。

あなたはこの世にたったひとりの、鈴音ちゃんのママなんだからね。

「鈴音から離れてください」

かたい声で朱音は言い、鈴音の肩に触れる。鈴音はカートから手を離し、一歩後ろに下がった。

「ちょっと朱音さん、感情的にならないで。わたしたちがなにをしたって言うのよ。そんなに警戒しないでちょうだい」

わたしたちがなにをしたって言うのよ。被害者みたいな顔をしている彼女の言う「わたしたち」とは、誰のことなのだろう。自分と夫か。息子である宏明もそこに含まれているのか。わたしはいつもそこには含まれていなかった。いつも、この人が描いた「わたしたち」という円の外側にいた。

「鈴音ちゃんのおばあさまですか？」

朱音の背後で、誰かがそう言った。その「誰か」は朱音たちと宏明の母のあいだに割りこんできた。中原さんであると理解するのに数秒を要した。芽愛ちゃんの姿はない。まだお迎えに行っていないのだ。

ずっと送迎の時間帯が合わず、中原さんの姿を見るのは『喫茶くろねこ』の面接の日以来だった。園田から「今一緒にいます」という連絡を受けたあと、今日までどちらともと言葉を交わしていない。保育園で垣間見る芽愛ちゃんは、とくに変わった様子もなかった。先週久しぶりに『喫茶くろねこ』に行った時、中原さんは休みだった。マスターは朱音に「良い人を紹介してもらって、たすかったよ」と礼を言った。園田もその後連絡をしてこないので、なにもわからない。

「あ、はい」

宏明の母が気の抜けたような声を発する。朱音の耳には「はぇ」と聞こえた。なにを思ったか、中原さんはにこやかに自己紹介をはじめる。うちの子も同じ保育園の年中さんなんです。芽愛っていうんです。佐々木さんにはすごくよくしてもらってて、うちの子と鈴音ちゃんはとっても仲良しなんです、とあからさまな嘘までつく。いったいどういうつもりなのかとうろたえながら、朱音はそのやりとりを見守った。

「今日も、これから家で一緒にご飯食べる約束なんです。ね、佐々木さん」

振り返った中原さんと視線がかち合った。「そうだと言え」と命じるかのように、化粧を施された中原さんの目が、朱音に向かって大きく見開かれていた。

＊

「鈴音ちゃんのおばあさま」が去った後に「もう、だいじょうぶです」と言った佐々木は、スーパーマーケットの駐輪場で自転車を二度も倒した。

だから芽愛を迎えに行った後、家まで付き添った。ただそれだけだ。誰になにを訊かれたわけでもないのに、言い訳みたいに何度も頭の中でその言葉を繰り返している。ただそれだけ。べつに佐々木の暮らしぶりを見たかったわけではない。子を抱え離婚した人の住まいを見たかったわけでは、けっしてないのだと。

自分の住んでいるマンションと似たつくりだが、こちらのほうがすこし狭い。さすがに散らかっている。キッチンカウンターの上に置いた箱から、ダイレクトメールの封筒があふれて落っこちそうになっているし、テレビ棚には埃が積もっている。まめに掃除する余裕などないらしい。室内を見まわし、莉子はため息をつく。

佐々木はキッチンでお茶を淹れている。動揺のためか、さきほどは自転車のハンドルをうまく握れないほど震えていた。

「すこしは落ちつきましたか」

近づいて、声を潜めて問う。キッチンの棚にはインスタント食品の箱が積み重なっていた。炊飯器の蓋が汚れているのも気にかかる。

「だいじょうぶです」

「ねえ、佐々木さん。あんなふうに元姑にしょっちゅう出くわすんですか？」

「まあ、家が近いので」

「えー！」

つい声が大きくなってしまう。

「最悪ですね。わたしなら、遠くに引っ越すけどな」

「わたしなら、ですか」

佐々木が無表情に呟いて、マグカップに湯を注ぐ。ティーバッグから赤い色がゆらりと滲み出す。まあ父も市内にいますし、と続けながら、手にした紐をせわしなく上下に揺らした。

「だいいち逃げるみたいで嫌じゃないですか、今さら」

「え？」

「ずっとがんばって耐えてきたのに。なんか、引っ越したらこっちの負けみたいで」

「でもそれ、どうなったら勝ちなんですか？」

佐々木は聞こえなかったようで、まだティーバッグを揺らしている。聞こえないふりをしているのかもしれない。莉子はリビングに戻った。数十分前に「しっかりして」と佐々木の背中に触れた手の平には、まだ高揚の名残がある。非日常的な他人の修羅場にかち合わせたこと。自分の機転で、佐々木をそこから助け出してやったこと。そのどちらもが、莉子を浮き立たせた。

リビングに続く和室にはブロックが円を描くように散らばっており、芽愛と鈴音ちゃんはその円の中心で、ちいさな頭をくっつけるようにして遊んでいた。

「ほいくえんをつくろ」

「うん」

「ぶらんこも」

「すなばは？」

すっかり仲良くなっちゃって。頬をゆるめて眺めていると、佐々木が紅茶を運んできた。満足に食器もそろえられなかったのか、紅茶はティーカップではなく、なにかの景品じみた大きなマグカップに注がれていた。芽愛と鈴音ちゃんにはすでに紙パックのオレンジジュースが渡されている。

「散らかってて、すみません」

家に上がった時に言ったのと同じことを、佐々木がまた口にする。

いいえ、と首を横に振りながら、莉子は質問を繰り出すタイミングを窺っていた。

ローテーブルにはマグカップを置くためのスペースがない。佐々木はあわててテーブルの上に散らばった輪ゴムやハガキをかき集めだした。莉子は床にどかされたチラシの束のいちばん上の不動産屋のチラシに視線を落とす。大樹の勤め先のチラシではないが、レイアウトはそっくりだ。地区の担当者の似顔絵が大きく描いてあるところなんか、まるっきり同じ。夫と同じ職業についているらしい、知らない男の似顔絵をぼんやり見つめながら、莉子は昨夜の大樹を思い出す。正確には、大樹の手を。昨日の夜、莉子のパジャマの隙間から侵入してきた手を。莉子が反射的に振り払った、あの手のことを。

「は？　なに？　生理？」

不機嫌そうに放たれた声もよみがえる。佐々木と向かい合って正座しながら、莉子の心だけが自宅の寝室に引き戻されていく。

そろそろ二人目欲しいよな、と大樹が言い出したのは、夕食後のことだった。あんまりきょうだいの年齢差があるとかわいそうだし、お前だって高齢出産になったらしんどいでしょと言葉を連ねる大樹は、莉子を見ていなかった。見ていたら、いくらなんでも言えなかったはずだ。そういう顔をしていたに違いない、あの時の自分は。

「わたし、知ってるんだからね」

そう叫んで、大樹から離れた。

「光岡っていう女の人のこと、わたし知ってるから」

気づいたらそう口走っていた。取り乱している態《てい》を見せつつも、内心ほっとしていた。断る口実がある、ということがうれしいとすら思っていた。

ぐっと言葉につまった大樹は、次の瞬間にはもう、落ちつきを取り戻していた。浮気がばれたことへの焦りより、莉子に拒《こば》まれた原因がわかったことによる安堵が勝ったのだと、今になってようやく理解する。

「ああ、そのことか。とっくに別れてるよ。……終わったから。そっか、怒ってるよな。ごめん」

もう何か月も前に「終わらせた」と大樹は言った。

「お前が一番大事だから」

大樹は嘘をついた。この場合は見栄をはった、と言うほうが正確だろうか。終わらせた、だって。ふられて泣いてたくせに。

「わたし、あっちで寝るから」

居間に移動しようとドアノブに手をかけた莉子の背中に「そっちはどうなんだよ」という言葉がぶつけられた。

「知らないとでも思ってんのか。俺見たよ、このあいだ。お前が、男と歩いてるとこ」

園田のことだと思ったが、莉子は返事をしなかった。

あの日、レストランを飛び出した莉子に「戻らなくていい」と言ってくれた園田となら、どこまででも行けるような気がした。でも実際には、どこへも行かなかった。芽愛を置いて男と消えるなんて、そんなことができるわけがない。三十分ほど、ただ一緒に座っていた。人目をはばかり、屋上の空中庭園と呼ばれる開けた場所に移動したが、大樹からの「ちょっとは落ちついたか?」という不機嫌そうな電話を受けて、すぐにレストランに戻った。

園田がなにもせず、なにも言わず、隣にいてくれることがありがたかった。なにも求めず、なにも押しつけない。そんな接しかたを誰からもされたことがなかった。

あれから何度か、ふたりで会った。『喫茶くろねこ』の外で。でも、なにもしていない。話もしない。ただ歩いたり、どこかに並んで座ったりして過ごすだけだ。中学生でも、もっと気のきいたデートをしていると思う。でも莉子は園田といる時だけ、いつもより楽に呼吸ができる。誰かの妻でも母でも娘でもない者でいられる。

園田は莉子の身体を求めない。それどころか、触れさえしない。もしかしたら莉子の性的なこと全般にたいする嫌悪感に気づいているのかもしれない。あるいは、園田もまたそうだという可能性も考えられる。園田は他の男とはどこかが、なにかが、決定的に違う。莉子が「男ってそういうもん」ととらえてきた男たちとは、べつの生きもののようですらある。

「あなたと一緒にしないで」

振り返って、莉子は言い放った。つめたく、突き放すように言ったつもりだった。しかし大樹は、おかしそうに肩を揺らしはじめた。

「そりゃそうだ。だって、室井だもんな」

なにを言われたのか、よくわからなかった。でも大樹が言う男は、どう聞いても園田のことだった。室井って誰? と訊き返すと、大樹は「は」と笑った。

「室井律だよ。同じクラスだったろ」

大樹はその室井なる男が中学の頃いかに冴えなかったか、いかに自分を苛つかせたかを滔々《とうとう》と語って聞かせた。話しているうちに余裕を取り戻したようだった。

「冗談だよ。ちょっとお前のこと試しただけ。もしかして、あいつにつきまとわれてんの？迷惑ならはっきり言わないとだめだからな。お前さ、そういうのもてるとは言わないんだよ、わかってんのか？」とひとりで喋った。こちらが挟む「違う」とか「話聞いて」という言葉も耳に入らない様子が、莉子を怯えさせた。ひとしきり喋ってから満足げに掛布団をはねのけ「とりあえずほら、仲直りしよう」と笑った大樹に背を向け、寝室を飛び出した。芽愛の部屋に入って鍵をかけ、ラグの上に丸まって寝た。

翌朝、中学の卒業アルバムを引っぱり出して、そこに「室井律」を見つけた。三年一組。莉子たちと同じページにいた。現在の園田とはまるで別人のようだったが、目鼻立ちをじっくり見ると、なるほど同一人物に違いなかった。

園田はどうしてなにも言ってくれなかったのだろう。莉子が地味だった自分を覚えてくれているはずがない、とあきらめていたのだろうか。莉子はかわいい女子のランキングがあったらかならず上位に入るような女子生徒だったのだから、こちらが「室井律」の存在を忘れていたように園田が莉子を忘れていたとは考えられない。

過去の姿を知っても、園田に対する好意に変化はない。それどころか、いくらか増してもいる。園田はきっとすごく努力をしたはずだ。きっと努力してダイエットをして、髪形やファッションを変え、現在の姿になったのに違いない。自分を変えるのは、簡単なことではないのに。玉座にふんぞりかえって、中学時代のまま時間がとまっている男よりずっと魅力的だ。すくなくとも、今の莉子にとっては。

莉子は園田と『喫茶くろねこ』ではじめて会ったと思っていたけど、園田にとっては、好きだった女の子との「再会」だったのかもしれない。うぬぼれているとは思わない。むしろそれならば『喫茶くろねこ』で会った時の、あの園田の驚きようにも納得がいく。こちらが気づかなかったから、園田も同級生だと言い出せなくなってしまったのだろう。

だけど、と思いながら、莉子はあらためて佐々木に向きなおる。

「佐々木さんに、訊きたいことがあります」

あの日、空中庭園で莉子は見たのだった。ただ隣にいてくれた園田が、時々手元を隠すようにしてスマートフォンを持ち、誰かにメッセージを送っていた。佐々木朱音。画面の上部には、たしかにその名が表示されていた。やりとりの内容までは見えなかったが。

「園田さんと、どういう関係なんですか?」

佐々木は戸惑ったようにまばたきをして、それから目を伏せた。

「どういうって、べつに」

「教えてください」

身を乗り出すと、佐々木は黙ってしまう。すなばできたー。すなば！　芽愛と鈴音ちゃんの声が重なる。どうして答えないのだろう。言えないような関係なのか。まさかそんな、という焦りで声が上擦った。

「ね、わたしたちもう友だちでしょ?　教えてくださいよ」

むりやりつくった笑顔がこわばる。それほどに佐々木の眼差しは冷たかった。

「友だちじゃないです」

え、という声が喉に絡みついて、うまく発することができない。

「わたしとあなたは、友だちじゃない。わかってますよね」

なんでそんなこと言うんだろう。佐々木が顔を背けたため、莉子はその横顔を見つめるかっこうになった。チークをのせていない、血色の悪い頬。この眉はきっとペンシルで描いているのだろう。パウダーをつかえばもっと自然に仕上がるのに。関係ないことを考えてから「あ、そうか」と唐突に理解した。佐々木は、遠慮しているのだ。

「まあ、たしかに学生時代に知り合っていたら、ぜったいに仲良くならなかったですよね。わたしたちってぜんぜんタイプが違うから。でも……」

佐々木の顔がこちらに向けられる。さきほど冷たいと感じた佐々木の目には、今では莉子が知らない種類の感情の色が滲んでいる。

「そういう言いかたは、しないほうがいいと思います」

「え、どういう意味ですか」

「やたら学生時代をひきあいに出すのは幼稚に見えるからやめましょうという話です。わたしは中原さんがどれだけ充実した素敵な青春を過ごしてきたのか知りませんし、今のわたしがあなたの目にどんなふうに見えてるのかもわからない。でもここはもう教室じゃないし、わたしたちは大人ですから」

できたー。できたよー。ままみてー。ままー。子どもたちの声だけが、にぎやかに響いて、耳の奥で反響する。佐々木は「なんかあの、すみません。中原さん自身が幼稚だということではないんです。あくまでそう見えてしまう可能性があるってことで……」と、もごもごと続けてまたすぐに口ごもってしまう。莉子は乾いた舌を持て余しながら、必死になって言うべき言葉を探しているが、どうしても見つからない。見つかるわけない、と思いもする。謝りたいのか反論したいのか、それとももっと他に言いたいことがあるのか、自分でもよくわかっていないのだから。

＊

ファミリーレストランに入っていく中原大樹の背中を、電柱に隠れるようにして眺めた。

高砂さんから「ぜったいに取るように」と言い渡された二週間の休暇に入って、今日で三日目になる。「あなた最近、体調が悪いみたいだから」というのがその理由だった。

休暇明けにはきっと、高砂さんはごく自然な流れで退職をすすめてくるだろう。それでもかまわないという思いもある。もうなにもかもぜんぶ、どうだっていい。

「誰か、あの人殺してくれないかな」

昨日、莉子が園田に囁いた言葉を思い出し、園田は奥歯を嚙《か》みしめる。

「通り魔でも、事故でもいい。毎朝送り出しながら、帰ってきませんように、って思ってる。そういうの、最低だよね」

莉子はもしかしたら、「そんなことないよ」と言ってほしかっただけなのかもしれない。きみは最低なんかじゃないよ。なにも悪くないよ。相手に否定させるためにあえて露悪的なことを口にする、そうして心の平穏を得る、という会話のパターンが世の中には存在する。誰がはじめて、誰が定着させたのだろう。マナーの本に書いてあるわけでもないのに、いつのまにか常識みたいにのさばっている、あの会話のパターンは。

どうせ本気じゃないくせに「誰か」と言いながら縋《すが》るような目で自分を見る莉子を、園田はうっすらと憎んだ。憐《あわ》れだとも感じた。

園田が向かう地獄に、莉子を殺人教唆《きょうさ》という罪で道連れにする。その空想をすこしのあいだ手のひらにのせて弄《もてあそ》んでみる。もと同級生に恨まれて殺されるのと、妻の指示を受けて殺されるのとでは、後者のほうがいっそう残酷だし、効果的な辱《はずかし》めだ。おそらく、中原大樹のような男にとっては。

けっして広くはない歩道に立つ園田を迷惑そうによけて歩く人びとは、みな持っている。園田にはないものを持っている。精神の安定だとか、いろいろなものを。同じ舗装された地面に立っているはずなのに、自分の足元だけぬかるんでいるような気さえする。園田は重い足を持ち上げながら中原大樹が入っていったファミリーレストランを目指した。

中原大樹は女と会っていた。園田が案内されたのは、ちょうど彼らの斜め後ろの席だった。会話も聞きとれるし、様子もつぶさに観察することができる。マンションのパンフレットを出してなにかを熱心に説明している。最初はマンションの購入を検討する女とマンションを売りたい男のなんらやましいところのない会話に思えたが、女のほうの様子がどうにもおかしい。やたら親しげに「大樹、大樹」と呼んでいる。

あいつ、住吉《すみよし》か。しばらく観察したあとで、園田はようやく女の正体に気がついた。住吉美南。中学の三年間ずっと同じクラスだった。声がでかくて下品な笑いかたをする女。女子全般の記憶は薄いが、あの女だけはよく覚えている。男女別にわかれていた体育の時間に、しょっちゅう男子のほうに寄ってきたから。運動神経の悪い男子を見つけては、指をさして笑っていた。

なにあれ。うける。ひどい。なにあの走りかた。きもちわるい。そんな言葉がつぎつぎと放たれ、そこにけたたましい笑い声がまぶされ、いつまでもグラウンドにこだましていた。

やめなよー。

ふいに頭の中で、その声が響き渡った。そうだ、いつも住吉美南の隣にいた、あの女子。あれが桜井莉子だ。やめなよー。紙に書かれた文字を読み上げるような感情のこもらない制止の声。住吉美南も莉子も顔をまともに見たことがなかった。でも声だけは思い出せた。音を立てて噴き上げるような怒りが全身を満たし、カップを持つ手が震える。

すこし離れた場所にいるふたりは、益体《やくたい》もない会話を続けている。どこそこの物件がどうのこうのという話に、たびたび共通の知人の名が混じる。莉子の名も聞こえてくる。

「あの頃のあたしたちって、最強だったもんね」

口に含んでいたコーヒーを吐き出しそうになる。なにが最強だ、笑わせるな。カップを押しやって、園田はうつむいた。思えば昔から、住吉美南はそういう陳腐な言葉を好んでいた。「親友」だとか「一生ものの絆」だとか、すぐに安い言葉を連発する女。粗悪な紙をびりびり破くような笑い声を出す女。

ふいに、会話が止んだ。そうっと顔を上げると、中原大樹の手に重ねられた住吉美南の手が見えた。どういうことだ。混乱を抱えながら、そそくさと伝票を摑んで立ち上がる中原大樹の後ろ姿を見送る。住吉美南はいそいそとその後をついていく。住吉美南はふざけたように中原大樹が背負っているリュックを引っ張って笑い、中原大樹は「すこし離れて歩け」というような仕草《しぐさ》をした。

つかず離れずの距離を保ち、時折意味ありげな目配せを交わすふたりのあとをつけながら、ふいになにもかも馬鹿馬鹿しく思えてきた。あんたの夫はどうしようもない奴だと今すぐ莉子に伝えたかった。あんたも、あんたの友だちもそうだ。

殺す価値もない。呻くように呟く園田の視線の先で、中原大樹と住吉美南が灰色のマンションに吸いこまれるように入っていく。

駅を取り囲んで建っているいくつものマンションのうちのひとつ。これから中古マンションの内覧でもするのか。それともあれは住吉美南の家で、あがりこんで昼間からよろしくやるつもりなのか。そこまで考えてから、唐突に「この街が嫌いだ」と思った。人間の入れものばかり増やし続ける平凡な街。そんな街に生まれ育って、大人になっても群れてべたべたくっついたり、あちこちよそ見したりしているやつら。

もうどうでもいい。憎む価値もない。関係ない。中原大樹が誰とやろうが、そのせいで莉子が傷つこうが知ったことか。最強だったもんね、か。笑わせる。

マンションから背を向けた園田の頭上に、鋭い悲鳴が降ってくる。続けて衝突音のようなものが聞こえ、驚いて振り返った。

中原大樹が倒れていた。とっさに顔を上げた園田は、外階段にふたつの人影を認める。あそこから落ちたのだろうか。ひとりは住吉美南で、もうひとりは男だ。園田はその男を知っている。でも、なぜそこにいるのかは、わからない。

地面に、ゆっくりと赤黒い染みが広がっていく。中原大樹の血だ、と理解した瞬間に吐き気がこみ上げる。おかしな方向に曲がった足と、いびつなかたちに広がっていく血溜まり。いつか想像した飛び降り自殺をした自分の姿とよく似ていた。

おれが殺したんだ。突き落として、こいつを殺したんだ。なぜだか、ごく自然にそう思った。そんなはずはないのに、中原大樹の背中を押した感触すらなまなましく両手に残っている。

アスファルトに広がる血はまた輪郭をひとまわり大きくしたようで、とりかえしのつかない思いに震える園田の靴の爪先を汚した。

第九章

病院の白光りする床の上に、なまあたたかい液体のような声がしたたり落ちて、またたくまにひろがっていく。この湿度の高い声の持ち主は中原大樹の母親だ。ハンカチで目頭を押さえながら、莉子に向かって喋っている。話の内容まではわからない。聞き取れるのは時折差しはさまれる「どうして」という問いだけだ。どうしてこんなことに？　どうして大樹が？

園田は長椅子に腰を下ろし、両手を組んだ姿勢で床に視線を固定している。

救急車を呼んだのは園田だ。人が。落ちて。血が。マンションから。足がたぶん折れて。しどろもどろの説明を終えてふたたび顔を上げた時には、低めの外階段から覗いていた顔はふたつとも消えていた。彼らがいた場所はおそらく三階、中原大樹はそこから転落した。

行きがかり上救急車に同乗することになった。中原大樹は救急隊員の呼びかけに応答しなかった。助かりますか、と訊ねる余裕すら、園田にはなかった。

病院に到着し、それからしばらくしてようやく、莉子に連絡してやらなければならないということに思い至った。

「わかりました」

電話口で、莉子はそう答えた。状況がよく飲みこめていないような、どこかぼんやりした口調だった。それからまもなく駆けつけた莉子は、園田の顔をろくに見もせずにまっすぐ集中治療室に向かっていった。

そこから出てくると、しばらく沈んだ表情で廊下で看護師と立ち話をしていた。その後おそらく園田の見ていないところで電話をかけたのだろう、中原大樹の母が莉子の娘を連れてやってきた。娘はなにがなんだかよくわからないような顔できょろきょろしており、中原大樹の母は口もとをハンカチで押さえて泣いていた。

続いて年配の男女が揃って現れ、莉子はそのふたりを見るなり顔を覆って床にくずおれ、泣き出した。

「だいじょうぶよ、莉子、だいじょうぶ」

「大樹くん、命に別状はないんだろう？」

彼らは莉子を抱き起こし、口々に慰めていた。園田はそれを聞きながら、莉子の両親だろうと推測した。両親に縋って泣くことができる莉子は、自分とはまったく違う種類の人間なのだとも思った。自分なら配偶者が、仮にいたとしての話だが――その配偶者が転落事故に遭っても両親を呼ばないし、彼らの胸では泣かない。たとえ女に生まれついていたとしても、自分が親とそのような関係を結べたとは思えない。

その後、中原大樹の勤め先の上司が来た。警官も来た。園田は彼らにそれぞれ何度も同じことを説明しなければならなかった。見たことを見たままに話したが、自分の尾行については伏せた。そのせいですこし不自然な態度になってしまったかもしれない。「偶然その場を通りかかった」と言った時、警官が疑わしげな眼差しをした、ような気がする。

もう帰ってもかまわないだろうか。腰を浮かしかけたところで長椅子に引き戻された。振り返ると、いつのまにか隣に座っていた中原大樹の娘が園田のシャツの裾を引っ張っていた。

芽愛っていう名前は、わたしがつけたの。以前、莉子がそう言っていた。高校生の時からずっと決めてたの、自分の子どもが女の子だったらその名前にするって。手帳にもメモしてた、と照れたように笑っていた。なんでそんな話になったのかはもう忘れてしまったが、その時にもやはり莉子は自分とはまったく異なる種類の人間なのだと思ったことは覚えている。

大人たちはひとところにかたまってなにかを相談している最中のようだった。莉子は俯いていて、どんな顔をしているのかわからない。子どももひとり蚊帳《かや》の外に置かれて、退屈しているのだろうか。それともなにか、訴えたいことでもあるのか。なに、と訊ねても答えない。シャツの裾を握りしめたままの小さな手を、園田は当惑しながら見下ろす。幼児特有の、意固地な感じのする握りかただな、とも思う。

「それ」

園田は芽愛がもう一方の手で抱えている手提げから覗いているマグネット式の着せ替え絵本を指さす。

「姪も、同じのを持ってるよ」

「めいってだれ」

「姪」を人の名前だと思ったのだろうか。ぼくのお兄ちゃんの子どもだよ、女の子なんだ、と教えてやると、ようやく手を放してくれた。摑まれていた部分には何本も皺がよって、手汗でもかいていたのかうっすら湿ってもいる。

芽愛は絵本を取り出し、膝の上で広げた。

「こういうのが好き」

水色のふんわりとしたスカート部分に花がたくさん散らされたドレスのマグネットを剝がして、園田に見せる。誕生日にこれと同じような服を買ってほしいと言ったらママはだめだと言ったがパパはいいと言ってくれた、というようなことを芽愛は「あのね」を何度もはさみながら、要領悪く喋った。

「でも、もう、買ってもらえない」

「どうして?」

芽愛は答えない。黙って、髪の長い女の子のマグネットを剝がしたり、また同じところにはりつけたり、という動作を何度も繰り返す。

「パパ、死ぬもん」

父親は死ぬ。だからドレスを買ってもらえない。そう言いたいのだろうか。園田はまだ額を集めて話し合っている莉子たちに視線を向ける。

「……死なないよ」

誰も、この子にそう言ってやらなかったのだろうか。莉子たちはとてもショックを受け、混乱している。子どもを気遣う余裕などないのかもしれない。あるいはこんな子どもにはどうせ話してもわからないだろうと思いこんでいるのか。

ちゃんと説明してやればいいのに。あなたのお父さんは高いところから落ちてけがをした。でも命に別状はない。けっして死んだりしない。簡単なことじゃないか。ひとこと、そう言って安心させてやればいいじゃないか。芽愛の細く頼りない髪や白い頬を見下ろして、園田は「死なないよ」と繰り返した。

芽愛は小さく頷き、絵本の上のマグネットを動かす。

「どのプリンセスがいちばんかわいい？」

顔を上げた芽愛が発したその問いを、園田は持て余す。どれも同じように見える。

「この子かな」

適当に指さしたら、プリンセスだよ、と訂正された。失礼しました、と園田は詫びる。

「芽愛ちゃんはこのプリンセスが好き」

小さな手が、「プリンセス」に触れる。

「こんなふうになりたい。こういうドレスをいっぱい着たい」

「いいね」

「お医者さんにもなりたい」

芽愛の視界の先に、数名の白衣の男女がいる。彼らは短く言葉を交わし合い、敏捷な動作でそれぞれ異なる方向に歩いていって、すぐに園田たちからは見えなくなった。

「どっちがいいかな？」

こちらをまっすぐに見る芽愛の表情は真剣そのもので、否が応でもいいかげんに答えてはいけない、という気分にさせられる。そうだね、としばらく考えこんでから、答えた。

「かわいいドレスを着たお医者さんになったらいいよ」

なにかになるためにべつのなにかをあきらめる必要はないよ、とつけたした。両方手に入れればいい。

ねえ、と背後で声がして、園田と芽愛は同時に振り返った。いつのまにか莉子がそこに立っていて、感情の読み取れない目で園田たちを見下ろしていた。莉子は長椅子をまわりこんできて、芽愛の隣に腰を下ろす。

「芽愛、ちょっとおばあちゃんのところに行ってきてくれる?」

「なんで?」

なんででも、と莉子は言いながら、芽愛の額に汗ではりついた前髪を指ではらってやっている。芽愛はしばらくぐずぐずしていたが、やがてあきらめたように絵本を閉じて、自分の祖母のほうに歩いていった。

小さな背中を見送ってから、莉子は前を向いたまま「夫の着替えを取ってこなきゃいけないんです」と言った。

「送ってもらえませんか」

園田は「車はありません」と答える。声をひそめたつもりはないのに小さく震えたような声になった。中学の教室に戻ったような心もとなさに喉が狭まって、呼吸さえもままならない。

莉子がようやく園田の顔を見た。車がない、それがどうしたのだとでも言わんばかりに「送ってもらえませんか」と、先程と同じ言葉を同じ調子で口にした。

*

先に行って、タクシーを呼んできます。園田はやさしく、囁くような声で莉子にそう言ってくれた。

一度家に帰って必要なものを取ってくる、と莉子は両親に告げた。

「一緒に行くよ、じゃあ」

長椅子から腰を浮かせる母を、「ううん。ここにいて。芽愛のこと、お願い」と押しとどめた。わりあいあっさり引き下がってくれて助かった。病院の外で待っている園田を見られずに済んでよかった。母たちは園田のことを「たまたま通りかかった、中学の同級生」だと思っている。いったいなぜその人に送ってもらわなきゃならないの、と母は訊ねるだろうし、莉子は母を納得させる言葉を持たない。

園田について、ほんとうのことなど話せるわけがなかった。わたしが勤めてる喫茶店のお客さんなの。つい最近、中学の同級生だったってことがわかったの。でも今のわたしにとってはそれ以上の大きな存在なの。なんて、言えるわけがないだろう。

頭部外傷と、全身打撲と、両足の骨折。それが大樹に下った診断だった。まもなく意識を取り戻すだろう、心配いらない、と医師は言った。頭から血を流していると聞いた時、大樹は死ぬのだと思った。かつて本気で死を願ったことを思い出しもした。だが背負っていたリュックがクッションになり、頭のほうはさほど強くは打っていない。運が良かった、という言いかたを、医師はしていた。リュックについていた金具で後頭部を切ったようで、たくさん血が出ていたように見えたのに、そちらは「軽傷」なのだという。

運が悪ければ二階から落ちただけでも人は簡単に死ぬし、運が良ければ高いところからでも怪我で済むこともある。大樹は運が良かった。それだけが、今わかっているすべてだった。その他のことは、なにもわからない。大樹が転落したのは、美南が住んでいるマンションだった。莉子も何度か行ったことがある。

上司の話では、大樹は今日たしかに人と会う約束があると言って会社を出たという。事故が起きた時、美南はどうしていたのだろうか。美南の家を訪問したあと、マンションの外階段から落ちたということなのだろうか。救急車が来たのならけっこうな騒ぎになっただろうに、美南はなにも気づかなかったのだろうか。先程から何度も電話をかけているが、美南は出ない。

タクシーの中では、園田も莉子もひとことも口をきかなかった。

マンションに到着した。タクシーの料金は園田が払った。

「ここで待ってます」

園田がマンションのエントランスの床を指さす。

「荷物いっぱいになると思うから、一緒に来て、手伝って」

莉子が言うと、渋々という様子で頷く。毎日使っているエレベーターが、今日はやけにのろのろと上昇するように感じられた。やっとふたりきりになったというのに、園田はまだ他人みたいな口調を崩さない。

ドアの前で振り返ると、視線が真正面からぶつかった。この人はずっとわたしの後頭部を見つめていたんだと思ったら、痛いような甘いような感覚に満たされる。

「入って」

「でも」

「入って。近所の人たちに見られたくないから」

結局、引っぱりこむようにして家に招き入れた。

「適当に、座ってて」

居間のソファーを指さすと、園田はのろのろとそこに移動する。寝室に入った莉子は、大樹の下着やパジャマをスーツケースに放りこんでいった。もしかしてこれぜんぶ、名前を書いたりしなきゃいけないんだろうか、保育園みたいに。下着に「なかはらだいき」とひらがなで書くところを想像し、そんな場合ではないのにすこし笑ってしまう。

着替えとタオル。あとはなにが必要だろうか。入院に関する書類だとかいって大きな封筒を渡されたけど、ろくに見もしなかった。

じつのところ、大樹の着替えなどどうでもよかった。一秒でもはやく病院から離れたかった。「どうしてこんなことに」。誰かがそう口にするたび、批難されているように感じた。どうして、と莉子に問わなかったのは園田だけだ。

園田が大樹の事故現場に居合わせたのは偶然なんかではなく、なにか莉子の理解を超えた大きな力が働いたからなのではないだろうか。たとえば運命とか、そんなふうに呼ばれる類のものなのではないか。その思いが、莉子をとらえて離さない。

いい加減につめこんだせいで、スーツケースはうまく閉まらなかった。体重をかけるようにしてロックし、息を切らしながら、居間に向かう。

園田は飾り棚の前に立ち、そこに並んだ写真立てを見ていた。ほとんどが芽愛の写真だが、結婚式の写真もある。もっと古い写真も。成人式の、振袖とスーツ姿の莉子と大樹、高校の教室でみんなとふざけて撮った写真、それから、中学の体育祭の写真。芽愛の写真が増えていくたびに古いものは棚の奥に押しやられ、すっかり埃をかぶっていた。その押しやられたうちのひとつを、園田が手に取る。

「それ、中学の。なつかしいでしょう」

そう口にしたら、教室に響く笑い声や、放課後に飲んだ清涼飲料水の甘さや、そんなものがいっぺんによみがえってきた。

「十代の頃って、人生でいちばん良い時代だよね」

若くて時間がいっぱいあって、なんの責任も負わずに済んだ、あの頃に戻って、それからなにもかも、やり直せたらいいのに。

「おれは違う」

聞き間違いかと思った。黙ったまま見つめていると、園田は「違う」と繰り返す。

「いちばん良い時代じゃなかった。いつも小馬鹿にされて、今日はなにをされるんだろうなにを言われるんだろうって毎日びくびくして」

中原大樹が憎かった。絞り出すような声だった。一歩近づくと、園田は莉子を拒むように身体の向きを大きく変えた。だから莉子は、園田の横顔を見上げるかっこうになる。

十数年ぶりに仕事で偶然大樹と再会したこと。その頃から、毎日死にたいと思っていたこと。でもどうして自分がそんなふうに思わなくちゃいけないのかがわからなかったこと。死ぬべきなのは、自分を苦しめた人間のほうじゃないのかと思ったこと。だから大樹に復讐してから死のうと決めたということを園田はひと息に喋った。

「デビュー」

「え」

「そう言われたんだよ。あんたの夫に」

園田のその発言の意味がわからず、莉子は二度聞き返した。

いつデビュー？　仕事で再会したというその日、大樹は園田に屈託なく笑って、そう言ったのだそうだ。え、一瞬誰かわかんなかったわ。高校デビュー？　大学？　まさかの社会人デビュー？　がんばったね。そうも言った。

「それだけ？」

思わず、呆れたような声が漏れてしまった。

だってその程度のことで、と続けようとして口ごもる。園田の眼差しの冷たさが、莉子の声を奪った。

「でも……でも、それってべつにバカにしたわけじゃないと思う」

必死に言葉を重ねるのは、大樹を庇うためではない。実際、莉子も園田にたいして同じことを思ったからだ。卒業アルバムの写真とは別人のような現在の園田にたいして。

あなたは努力したんでしょ、外見を磨いたんでしょ、だったらもっと自信持てばいいじゃない。そんなふうに十代の頃のコンプレックスにいつまでもとらわれなくっていい、と言う莉子を、園田は静かに見つめていた。

「違うよ。がんばったねなんて、相手をよっぽど下に見てなきゃ言えるはずがない。外見がどうだとか勝手な基準をこっちに当てはめて評価する権利があくまでも自分のほうにあると思ってる人間じゃなきゃ、とてもじゃないけどそんなことは言えない。お前らは、勘違いしてる。いつでも自分が他人を『認めてやる』側にいると思ってる。おれはお前らのそういうところが嫌いだ」

だから殺したかった、と園田は吐き捨てるように言う。園田が嫌いな「お前ら」にわたしは含まれているのだろうか、と莉子は思う。そんなはずない。そんなわけない。

「それが無理なら、せめて中原大樹に不幸になってほしかった」

園田の言っていることはめちゃくちゃだ。気に入らないならなにしてもいいってわけじゃないでしょ、と言い返そうとして言葉につまる。

それと同じことを、かつて自分たちはした。自分も、大樹も、美南も。慶吾と雅紀も。なんかあいつ暗いよね。あいつうざいよね。そう言い合って、気に入らない者を排斥《はいせき》する権利が自分たちにはあると思っていた。

「中学の頃に、それ誰かに相談した？　解決しようと行動した？　なんにもしてないんじゃないの？　なのに今になってそんなこと言うの？」

認めたくなかったんだよ、と園田はすこし声を落として、俯く。

「自分がいじめられてるって、その頃は認めたくなかった。だって、それ認めたら、ほんとに」

ほんとに、の続きは聞けなかった。園田は痛みに耐えるように、両手をぐっと握りしめている。

「認めたくなかったっていう気持ち、わたしもわかるよ」

わかるよ、と訴えたら、涙が溢れ出てきた。園田に知ってほしかった。園田にだけは知っていてほしかった。見下されているのは、虐《しいた》げられてきたのは、自分も同じだから。

「わたしもそうだったから」

十五歳だった。夏休みだった。いつものように大樹の家に遊びに行ったら、大樹の両親も弟たちも出かけていた。慶吾と雅紀がいた。彼らは雅紀の父親からくすねてきたというビールを飲んでいた。莉子も飲めよ。そう言われて、断らなかった。だってちょっと悪いことをするのは、すごく楽しいことだったから。楽しいことだと思いこんでいたから。

ビールは苦いばかりで、半分も飲めなかった。だけど大樹はずいぶんな量を飲んでいたし、赤くなった顔を雅紀たちにからかわれていた。酔った大樹は彼らの前で、ふざけて莉子の腰に腕をまわしたり、スカートをめくろうとしたりしはじめた。莉子は「やめてよ」と笑いながら、身を捩って逃げた。笑ったのは、場の雰囲気を悪くしないため。しらけさせないため。

慶吾と雅紀も笑っていた。いちゃつくなよお前ら、とポップコーンを大樹に投げつけて、ひときわ大きな笑い声がおこった。大樹だけが笑っていなかった。据《す》わった眼を友人たちに向け、莉子の手首を強く摑んだまま「お前ら、もう帰れよ」と言い放った。

大樹の「帰れ」は命令だった。ふたりは「はいはい」「ごゆっくりー」とへらへら手を振って、出ていった。ふたたび大樹の顔が近づいてきた時、今度は笑わずに、はっきり「やめて」と言った。大樹は莉子を責めた。俺のこと好きじゃないのかとか、好きだったらさせてくれるはずだとか、そんなふうに言いもした。殴りつけられたり、押さえつけられたりしたわけではない。でも莉子はあの時たしかに怯えていた。拒みかたを間違えたら乱暴なことをされるんじゃないかと、こわくてこわくてたまらなかった。機嫌を損ねたくない。そればかり考えていた。

大樹と莉子はつきあっている。学校の誰もが、それを知っている。

わたしは大樹が好きで、大樹もわたしのことが好き。だからいずれはこういうことをするとわかっていたはずだ。痛いばかりのその行為のあとで、莉子はそう考えた。考えるようにした。「いずれ」が自分が思っていたよりはやかっただけだ。だからなんてことない、これでよかったんだ、と。被害者になるより、大好きな彼と結ばれた女の子であることを選んだ。

あの日莉子を置いて先に帰った慶吾と雅紀は、翌日にはすべて知っていた。莉子がどんなふうに痛がり、泣き、どれぐらいの量の血を流したのか、知っていた。彼らにたいしてどう応じたのか、もう覚えていない。きっと笑いながら「もう、やめてよ」とでも言ったのだろう。かわいく笑うことだけが、莉子の唯一の鎧だったのだから。

「認めたくなかったよ。わたしだって、自分が傷ついてること。だから今日までずっと、大樹のことを大切な人だと思いこもうとしたよ。でも間違ってたんだよね。今わかった。あなたのおかげでわかった、わたしはあなたと同じだった、だから」

だから、わたしは悪くないよね？　そう言いたかったし、園田に「そうだ」と言ってほしかった。きみも傷ついていたんだね、つらかったね、と抱きしめてほしい。だってこの人はわたしの手をとってここから連れ出してくれる人なんだから。病院での芽愛と園田の会話を聞いて、それを確信した。なにかになるためにべつのなにかをあきらめる必要はないと、この人は芽愛に言ってくれた。

ほんとうにわたしを幸せにしてくれるのは、この人なのだ。傷つけられる痛みを知っている、この人しかいない。園田が莉子に近づいたのは、大樹への復讐のためだったのかもしれない。だけど、ぜったいにそれだけではないはずだ。だってこの人がわたしを見る時の、あのすこし悲しそうな顔は、やさしいふるまいは、嘘じゃなかった。祈るように「それだけではない」の証拠を数え上げる莉子の頰を、涙が伝う。あなたはわたしに触れようとしなかった、あなたはわたしを傷つけなかった、それはあなたが、わたしを、わたしを、大切に思ってくれているからなんでしょう？

「違う。おれとあんたは、ぜんぜん違う」

「うそ」

「同じなわけがない……帰る」

園田は莉子に背を向け、居間を出ていこうとする。そのことに気づいて、莉子は焦って叫び出しそうになる。どうしたらいい、いったいどうしたらいい。なにをすればなんと言えばこの人はここにいてくれるんだろう、わからない。園田の背中にしがみついて「違うって言うんならそれでいい」と声を振り絞った。

「大樹を不幸にしたかったんでしょ？　手伝ってあげるから」

「どうでもいいんだ、もう」

園田は背を向けたまま、静かな声で告げる。お願いだからこっちを見て。えぐられるような痛みが胸の奥に広がる。

「ねえ、じゃあこうすればいい」

むりやりこちらに向き直らせた園田の手を取って、自分の喉元に触れさせた。

「わたしのこと殺せばいいよ。ね、今ここで」

はじめて、園田の瞳が揺らいだ。

「なにを言っているの」

自分でもなにを言っているのか、もうわからない。でもここで園田を帰せば、きっともう二度と会えなくなる。

引きとめられるならなんだっていい。なんだってする。園田は自分を愛していない、それはもうわかった、よくわかった。この先そばにいられないというなら、せめて園田の瞳に一秒でも長く映っていたい。大樹とはこれ以上一緒にいられない。見て見ぬふりをしてきたものを直視してしまったら、あとは向き合うしかなくなる。莉子にわかるのはそれだけだ。ほんとうは愛してなどいなかったのに、愛していると思いこんでいた。こんなにも長い間自分を騙して生きてしまった、馬鹿みたいだ、馬鹿みたいじゃなくて馬鹿なんだ。きっと園田も呆れているんだろう。馬鹿な女としてこのまま生きていくぐらいなら、いっそ園田に殺されるほうがましだ。

「殺していいよ。ね、わたしが死んだら、大樹はきっと不幸になるから」

園田のもう片方の手が伸びてきて、莉子の首にかかった。ゆっくりと力がこめられ、気道が狭まると、舌が勝手に突き出た。莉子は目尻から涙が溢れ出すのを感じながら、どうかわたしが息絶える瞬間まで見つめていてくれますようにと願った。

*

父のアパートは近頃、行くたびにものが減っている。今日は本棚の一段ぶん、まるまる空になっていた。

「どうしたのこれ」

脱いだ上着を畳みながら訊ねると、父は薬缶を火にかけようとする手を一瞬とめた。

「終活ってやつだよ」

「まだそんな年じゃないでしょう」

「いやいや」

自分より年下の人間が死んだという話を、父は視線を落として語る。

「朝方にばたっと倒れてそれっきりだったそうだ」

「ご近所の人?」

「いや、寺の。ボランティア仲間の」

父は急須に茶葉を入れている。しゅんしゅんと湯気を立てている薬缶から急須に湯を注いで「お前に、これ以上迷惑かけたくない」と小声で続けた。台所に立つ背中がまたすこし小さくなった気がする。

鈴音はこたつテーブルに広げたカレンダーの裏紙にお絵描きをしている。おもちゃが用意されているわけでもない、質素な男のひとり住まいで、楽しいことなどなにひとつないだろうに、鈴音は父のアパートが好きだ。おじいちゃんとこ行こうね、と言うと顔がぱっと輝く。

「『とりや』さんで焼き鳥買ってきたんだよ。食べよ」

話題を変えようと、まだ温かい包みを取り出す。こぼれたたれが包み紙に染みをつくっていて、朱音の指先を汚した。アパートの近くにある『とりや』という鶏肉専門店の焼き鳥は、父と朱音の共通の好物だった。昔、この串を二本ずつ買って食べるのが、月に一度の贅沢だった。

箸をならべ、ごはんを茶碗によそう。父が漬けたという白菜の浅漬けを小皿に盛っていると、畳の上に置いたスマートフォンが振動しはじめた。園田からの電話だと知って、なんとなく無視してしまいたいような気分になる。あのね、今からわたし、父の家で夕食をとるんです。わたしにとっては、この世で唯一気のおけないふたりの人間との、大切な時間なんです、じゃましないで、と言いたい。しかし当の父が「出ないのか」「出ろよ」とそわそわと画面を覗きこんでくる。

しぶしぶ画面をタップした。声を聞いた瞬間、やっぱり電話に出てよかったと思った。というよりも、出るべき電話だった、と。

「すこしだけ、会えませんか」

崖《がけ》の縁に立って喋っているような声だった。似た声を前にも聞いたことがある。自分自身の声だ。

「お父さん、鈴音、ごめんね。ちょっとふたりでごはん食べててくれる?」

上着を羽織りながら言うと、小皿を運んでいた父が眉をひそめた。お前、と殊更《ことさら》に声を落として「誰なんだ」と問う。

「誰に会いにいくんだ」

「知り合い」

「男か?」

男の人だけど、と言いかけて、首を横に振る。

「違う、そういうんじゃない」

きっぱりと否定しても、父はなおも疑わしそうにぐっと目を細める。そういうんじゃないけどほうっておけないのだと、父に言ってもおそらく理解できないだろうと思いながらも、朱音は言った。父は人間関係というものを、同性であれば友人かそれ以外、異性であれば恋愛の対象かそれ以外というような、ざっくりとした分類でしか把握できない。

宏明と親しくなった時も、そうだった。「ただの友だち」という朱音の言葉を否定した。仮にお前がそう思っていたとしても向こうはぜったいに違うはずだと、その気がないなら気をもたせるようなことをしてはいけないと主張した。

あの頃、宏明のことはただ、「いい人だな」と思っていた。恋というよりはもっと淡い、好意程度のものだった。なのに、「そんなはずがない」と言われた。父だけではない。みんな、みんな、同じことを言った。恥ずかしがらないで。だいじょうぶよ。男の人を好きになるのはごく自然なことなのよ。

いい人。結婚なんかせずに、程よい距離を保った友人のままでいたら、今でもそう思い続けることができていたかもしれない。

「とにかく、行ってくる」

「朱音」

「友だちじゃない。恋愛感情もない。そんな相手でも、困ってるならそばに行ってあげたい」

「わからんよ、お父さんには」

頭を左右に振りながらも、父はそれ以上朱音を止めなかった。鈴音は状況をよく理解していないらしく、クレヨンで描いた大きな円を塗りつぶしながら、顔もあげずに「いってらっしゃーい」と声を上げた。

朱音が「そこで待っていて」と指定した公園のベンチに、園田は腰をおろしていた。ハンカチをもらった日と同じだと思った。ほんの数か月前のことなのに、ずいぶん長い時間が過ぎたように感じられる。街灯の頼りない光の下でもわかるほど、園田はやつれていた。もしかしたらもう長いこと、まともに眠ったり食べたりしていないのかもしれない。

「すみません」

園田がゆらりと頭を下げる。

「他に話せる相手がいなくて」

「だいじょうぶです」

中原さんの夫の事故と、その後に中原さんの家に行ったことを聞かされる。相槌を打ちながらひととおり聞きはしたが、正直なところまったく理解できなかった。園田の話は支離滅裂だったし、何度も同じところを行ったり来たりしては、脱線を繰り返した。朱音にわかったのは、結局のところ園田は中原さんの夫に復讐することができなかった、ということだけだった。

中原さんは「わたしを殺せばいい」と園田に言って、首を絞めさせた。園田はおそろしくなって、中原さんを突き飛ばすようにして逃げてきてしまったという。中原さんはいったいなぜそんなことを言ったのだろうか。園田の妄想ではないのだろうか。朱音には中原さんが「わたしを殺せばいい」と言い出す意味がまったくわからなかった。夫を許してもらうために？　自己犠牲みたいな話？　激しい混乱を抱える朱音をよそに、園田は喋り続ける。

「おれはおかしいんだと思います。中原莉子に言われました。『それだけ？』って。そうですよね。ほんとうに傍《はた》から見たらただそれだけのことなんだ。それだけのことで人を殺すとか不幸にするとか大袈裟に騒ぎ立てるおれは、頭がおかしい。こんな話につきあわせて佐々木さんにも申しわけなかったです。だから、謝りたくて」

「そんな」

ごめんなさい。ごめんなさい。震える声で、園田は繰り返す。

「おれはあなたに会って、ちょっと救われたような気がしてたんです。話を聞いてもらって、否定せずに聞いてもらえて、話してるあいだだけ、自分のことおかしいって思わずに済んだから。でもおかしいんですよね、おれはおかしい。わかってる」

そうですね、と言いそうになった。朱音の目から見ても、園田はじゅうぶんおかしい。出会った瞬間から今まで、ずっとおかしかった。でも、と言いかけた声が掠れて、咳払いをして言い直した。

「でも、おかしくてもいいんじゃないですか。他人に『それだけ？』って言われるようなことでも、園田さんにとっては重要なことだったんでしょう」

雲に届くように高く飛べと、浜田先生は朱音に言った。きみには翼があると。

群れから離れ、高く飛翔する者は、美しい。そのような生きかたは美しい。強く気高い者は美しい。それでも朱音は飛ばない。どれほど醜くても、愚かだと笑われても、地べたを歩いて生きていこうと決めた。わたしに、翼はいらない。

ある子がいじめられていました。でもその子は強い心をもっていました。孤独に耐え、強い心で現実に打ち勝ち、けっして屈しませんでした。その子は誰よりも努力し、自分の手で幸せを摑んで、幸せに暮らしました。その子は「自分が幸せになることが最高の復讐」だと知っていました。そういう形式の物語が、世の中には無数にある。小説や漫画や映画だけではなく、時にはアスリートやアーティストが語る自身の過去にもひそんでいる。

それらの美しい物語は、いったい誰のために用意されたものだろう。被害者に未来への希望を与えるため？　彼らの傷をいやすため？

違う。加害者や傍観者を守るために用意された物語だ。だって被害者が自分で悟って勝手に努力して幸せになってくれたら、誰ひとり責任をとらずに済む。朱音は自分の人生を、そんな物語の枠におさめたくない。

「わたしのほうこそ、園田さんに謝らないといけないんです」

言葉を探して、しばらく黙った。園田は自分の膝に両腕をのせた前かがみの姿勢になっていて、朱音からは背中と後頭部しか見えない。

「わたしは園田さんに自分を重ねてたんだと思います。復讐……わたしができなかったことをかわりにやらせようとした。ついでに自分の過去も救われるような錯覚をしてたんじゃないかと思います。園田さんのためじゃなかったんです。あなたにただ乗りしようとしただけだから。わたしの言うことなんか、もう信じないで。こんなわたしに救われたなんて馬鹿なことを、二度と言わないでください」

朱音は立ち上がり、園田の正面に立って俯けた頭を見下ろす。

一緒に来ますか、と言ってみようか。これから父のアパートでいっしょにごはん食べませんか。あなた、ひどい顔をしてるから。もうずっと食べたり寝たり、満足にできていないんじゃないですか？　父はあなたをわたしの恋人かなにかだと誤解するかもしれないけど、ほんとうのことは、わたしたち自身がわかっていれば、それでいいのかもしれません。

でも、口にするべきではない。朱音の言葉をやけにありがたがって聞いてしまう園田と、もうこれ以上一緒にいてはいけない。手を差し伸べたら園田はきっと朱音に依存する。

今だって自分と自分の大切な人を守るだけで精いっぱいなのに。父のアパートで待っている鈴音の顔を思い浮かべたら、自分でも驚くほどに明るく、そのぶんとりつくしまのないような声が出た。

「園田さん、お元気で。さようなら」

驚いたように顔を上げた園田と視線がまともにぶつかる。その瞳に滲んだものに気づかなかったふりをして、背を向けて歩き出した。

第十章

強い向かい風に、思わず顔を背けた。そのせいで莉子は母の言葉の後半を聞き逃した。前半は「大樹くんとは」だった。だから自分にとって愉快な話題ではないことはわかっていたが、母の言葉を無視するわけにはいかない。

「ごめん、なに？」

髪を耳にかけて、わずかに身を寄せる。

「大樹くんとは、ちゃんと話し合ってるの？」

母の身長を追い抜いたのは何歳の時だったか。もう忘れてしまったがずいぶん前であることだけはたしかだと、隣を歩きながら思う。近頃、また身長差が開いた。人間の背は四十歳を過ぎたらすこしずつ縮んでいくらしい。

「うん、ちゃんと」

大樹とは話し合っている。嘘ではない。すくなくとも莉子のほうは「話し合い」の機会を設けた。

離婚したい、と莉子が切り出した時、大樹はとても驚いていた。最初は真剣に聞いてくれなかった。「なに言ってんの?」などとはぐらかし、それが通用しないと知るや「俺がこんな時に、そんな話する必要ないだろ」と拗ねるようになった。その後は「冷たい」「ひどい女だ」と詰るようになった。そうかと思えば「もうすこし落ち着いてから話し合おうよ」と幼児を宥《なだ》めるような声を出すこともあった。

とにかく、距離をおきたい。そう大樹に告げ、二週間前から芽愛を連れて実家に身を寄せている。あの事故がおきてから、もう二か月が過ぎた。

あの事故から二か月ならば、園田に泣いて縋った日からまだ二か月しか過ぎていない、ということにもなる。それについては「もう」ではなく「まだ」と思う。まだ二か月しか経っていないのか、と。

自分を拒んで去っていく園田の足音を聞きながら、莉子はただ、床に横たわっていた。全身から力が抜け、そうすることしかできなかった。ひんやりとした床材は莉子の体温を奪った。後頭部や背中、そのほかのあらゆる箇所に痛みをもたらしもした。それでも動くことができなかった。

すこしずつ下がっていく体温と痛みのあいまにゆっくりと目を閉じて、このまま死んでもいいと思った。直後に、腹が低く鳴った。状況にも心情にもそぐわない、あまりにも呑気な間の抜けた音だった。

事故の報せからずっと食べものを口にしていなかったことを思い出して、ようやく身体が動いた。台所に行き、目に入ったロールパンの袋を開けるなり、立ったまま食べた。食べるというより貪《むさぼ》るような食事のしかたを、恥ずかしいともいけないことだとも感じなかった。

ずっと前にもこんなふうに立ったまま食事をした。芽愛が生まれたばかりの頃だ。すこしでも目を離したらなにかおそろしいことがおこるような気がして、あの頃はずっとベビーベッドの傍らで芽愛の寝顔を覗きこんでばかりいた。

戻らなきゃ。パンを口に含んだまま、不明瞭に呟いた。大樹のもとにではなく、芽愛のもとに戻らなければ、そう思った。急いで戻って、手を握ってやりたかった。心配いらないよと、髪を撫でてやりたかった。なにを差し置いてもまず、ほかの誰でもない莉子が芽愛にすべきことのはずだ。

こんなところにいる場合じゃない。口の中のかたまりを飲み下すと、冷えていた身体にほんのりと熱が戻った。

「莉子、だいじょうぶ?」

母が問う。莉子はなにがだいじょうぶなんだろうと思いながら、だいじょうぶ、と頷いた。今日は『喫茶くろねこ』の仕事は休みだ。大樹と離婚したらパートの給料だけでやっていくのはきびしいだろう。とりあえずハローワークの職業訓練に行ってみようかなと告げたら、父も母も賛成してくれた。

意外だったのは、母が「一緒に行く」と言い出したことだ。

「もういい年なんだから、ひとりで行けるよ」

莉子が笑うと、母はまじめな顔で「違う、お母さんにもできるような仕事があるか、きいてみたいから」と答えた。母がどうして今になって働くことに興味を持ったのか、ゆっくり話す時間がないまま今日になった。

ふたりとも、数年前に移転したというハローワークの場所を知らなかった。地図アプリを確認しながら早足で歩いていると、額に汗が滲んだ。

離婚の問題に気をとられているあいだにすっかり季節が変わってしまったと、今朝目覚めた時に思った。実家の二階にそのまま残されていた莉子のシングルベッドは芽愛とふたりで眠るには狭すぎ、けれども肌寒い朝には娘の体温がここちよかった。しかし昼過ぎの今は、早足で歩くだけで額に汗が滲む。

「ああもう、こんなの着てこなきゃよかった、失敗しちゃった」

笑いながら羽織ってきた上着を脱いでいる母を見ていたら、実家に身を寄せてから何度か言いかけて、その都度飲みこんできた「ごめんね」が、不意に口をついて出た。なにもこんなタイミングで、と自分でも思う。でももう、言ってしまった。

「わたしが失敗作に育って、がっかりしてるよね」

失敗しちゃったかもね。母は以前、莉子にそう言った。失敗作の娘だと思われている。育てかたを間違えたと思っている。その事実が、莉子を今日まで苛《さいな》み続けている。無言で立ち尽くし向き合うふたりの脇を、数台の自転車が通り過ぎる。莉子は母の瞳が揺れ、やがて静かになるのを見ていた。

「そんな」

そんな、と言いかけて、母は自分の頬に触れる。

「そんな意味で、言ったわけじゃない」

もっとのびのび育てるべきだったかもしれない、とか。自分の考えを押しつけるべきではなかったかもしれない、とか。叱《しか》り過ぎたかもしれないとか、逆にもっと叱ったほうがよかったかもしれないとか。わたしはこの子の可能性をつぶしたかもしれないとずっと迷っていた自分のふるまいが失敗だったという意味で、そんな意味じゃない、と母は言い訳のようにくどくどと言葉を重ねた。

「お母さんでも、迷うの？」

なに言ってんの、と母は笑った。笑ったように見えたが、たんに唇が歪んだだけだった。

「当たり前じゃないの」

「そうだったんだ」

「だって、娘よ。自分の娘よ。幸せになってほしいじゃない、だから悩むの」

莉子も、芽愛にたいしてはそうだ。かわいい洋服。ミサキカバン製作所のランドセル。すてきな両親がそろった、笑顔の絶えないあたたかい家庭。すべてを与えたかった。すべては芽愛の幸せのため。でもそれらはほんとうに芽愛にとっての幸せの条件だったのだろうか。

「お母さんはいろいろ失敗したかもしれないけど、莉子は失敗作なんかじゃない」

母は嘘をついている。莉子にはありありとそれがわかる。本人に自覚はないのかもしれないが、おそらくこれ以上娘を傷つけずに済むようにと言葉を選んだ結果、嘘をついてしまっている。

ああ、そうか。そうだったんだ、と莉子は心の中で呟く。

誰もが迷う。誰もが間違う。母でさえも。わたしが、そうであるように。

「お母さんも、ずっと莉子に訊きたかったことがあるんだけど、いい？」

いいよ、と答えながら、莉子はほんのすこし身構える。

「離婚のほんとうの理由は、あの子？」

あの子。園田のことだろうか。

あれから園田に何度か電話をしたが、一度も出てくれなかった。あの時どうしてあれほど取り乱してしまったのか、あんなにも必死で園田を引きとめようとしたのか、今の莉子にはもうわからない。恥ずかしいとは思わない。あの時の自分はどうかしていた。ふつうじゃなかった。誰もが間違う。もう一度、その言葉を心の中で繰り返す。

でももしかしたら、あのどうかしていた時の自分こそが、ほんとうの自分なのかもしれない。ときどき、そんなことを思う。思うが、すぐに打ち消す。これ以上は考えるべきじゃない。

「あの子……美南ちゃん。美南ちゃんのことが原因なの？」

母がためらいがちに言葉を重ねる。そこでようやく自分の勘違いに気づいた。考えてみれば母が園田を「あの子」なんて言うわけがない。

「ううん、違うよ」

母は、大樹が美南と浮気をし、莉子はそれを許せなかったために離婚を考えている、と思っているようだった。

美南はあの日、「マンションの購入について相談したい」と大樹を呼び出した。

「美南は俺を誘う気満々だった」

大樹はなぜかかすかに笑いながらそう話した。

「こっちはもちろん、その気はなかったけど」

大樹の「警察には話していない、ほんとうの話」は、こうだった。最初はファミリーレストランで話していた。美南が人のいないところで相談したいと言うので、美南の自宅に向かった。ここでも大樹は、自分には「その気はなかった」としつこく強調した。

美南のマンションについたら、ドアの前に雅紀が立っていた。美南と雅紀がいつごろから深い関係になっていたことは、莉子も大樹も知らなかった。すくなくとも雅紀のほうは、かなり入れあげていたようだ。

雅紀は酔っていた。大樹を見るなり「こいつに乗り換えるのか」と逆上し、美南に摑みかかった。大樹がそこに割って入り、もみ合っているうちに外階段から転落した。それが、あの事故の顚末だった。

「あいつ、カッとなると見境なくなるから」

骨折するほどの怪我をさせられたのに、大樹はまだ雅紀を庇っている。彼らは警察でも口裏を合わせ、単なる転落事故だったと主張したと聞いた。仲間うちに女の問題がからむとめんどうだよなと、まるで美南に非があるようなことを言った。大樹の言う「仲間」は莉子に、油と埃がべったりとこびりついて中身が見えなくなったガラス瓶を連想させる。昔、友人の家の台所にそんな瓶があった。調味料なのか油なのか判別がつかなかった。ラベルも読めないぐらいに汚れていた。ねえ莉子、それ取って。友人はそう言ったけど、莉子はどうしてもその瓶に触れることができなかった。

「いったい、俺がなにをしたって言うんだよ」

何度目かの「話し合い」の際に、大樹が莉子にぶつけた言葉を反芻《はんすう》する。なにって、ぜんぶ。莉子はたしか、そう答えた。あのこともあのこともそれからあのこともほんとうはぜんぶ嫌だったと訴えながら、莉子は泣いた。けれども大樹が「今更、なんだよ」と途方にくれたように呟いたのを聞いて、涙が止まった。

今更。きっと多くの人が同じことを言うだろう。結婚までしといて今更?　子どもまでつくっておいて今更？　あとは、なんだろう。今更、被害者面しちゃって、などとも言われるのかもしれない。

きっと、自分の想像以上の「今更」が、頭上に降り注ぐ。泣いている場合ではない。

「違うんだって。雅紀が勝手に盛り上がって暴走しただけなんだよ、あれは」

これは、美南が言ったことだ。大樹の事故から一週間ほど過ぎた頃に、ようやく連絡がとれた。

「雅紀さ、旦那と別れて俺と結婚してくれとか言ってたの。馬鹿でしょ。別れるって言ったら文句言ってたけど、まさか家の前で待ち伏せされてるとは思わなかったし。あーあ、大樹まで巻きこんじゃった」

迷惑かけたよね、とは言ったが、最後まで謝罪はなかった。莉子は、美南が莉子の知らないところで大樹と会った、その真意を確かめなかった。起きてしまったことはもう変わらないのに「ほんとうはこう思っていた」を知ってなんになる。

最低だね、と莉子が睨んでも、美南はまるで悪びれた様子がなかった。

美南は「旦那にもばれたし、最悪」と鼻を鳴らして、チョコレートケーキを大きく切り取って口に入れた。ファミリーレストランのテーブルで向き合いながら、美南とこれまでに何度もこうやってお茶を飲んだな、と思い返した。お互いに嘘の就労証明書で子どもを保育園に入れて、共犯者のように笑い合った。

「ほんとうに、最悪だよ。美南」

テーブルに小銭を置き、去ろうとする莉子に美南は言った。「莉子さ、あんた変わったよね」と。

挑発するような、ざらざらした声だった。莉子はテーブルの上の小銭がライトを反射するのを見つめながら、言葉の続きを待つ。

「鈴音ちゃんのママに似てきた気する」

正直、もっとひどいことを言われると覚悟していた。拍子抜けしながら「……佐々木さんだよ。ちゃんと、名前があるんだよ」と答えた。美南はむっとしたように黙りこんで、ふたたび顔を上げた時には両目いっぱいに涙をためていた。

「違うよ。ねえ間違ってる、こんな」

美南が肩を震わせるたびに、テーブルに水滴がぽたぽた零れた。

「なにが？」

「間違ってるよ。あたしら、こんなんじゃなかったもん。ねえ、こんなふうになるはずじゃなかったのにさ、あたしらはもっとさ、もっと違ってたはずだよ、ねえ、もっともっとさ、莉子、そうだよね？　あたしら、こんなんじゃなかったはず」

「なに言ってるのか、ぜんぜんわかんないよ」

莉子は涙と鼻水で顔をぐしゃぐしゃにした美南につめたく言い放ったが、ほんとうはちゃんとわかっていた。

わたしたちにはもっともっとぴかぴかの幸せな未来が待ってるはずだと思っていたんだよね、美南。口に出しては言わなかった。

だってわたしたち、かわいくて最強だったもんね。ずっと友だちだよって約束したよね。

わたしたち、ほんとうに馬鹿だったね、美南。

あれ以来、美南とは一度も顔を合わせていない。

「美南のことは、もうどうでもいい」

母はすこし驚いたように目をしばたたかせて、そう、と頷いた。

そのあとは、しばらくふたりとも無言で歩いた。角を曲がると平べったく切った豆腐みたいな建物が見えてきた。莉子は、それが自分たちが目指すハローワークだと知る。行ったことのない場所に、自力で辿りついた。それだけで、もうじゅうぶんな気がしている。すくなくとも今の自分にとっては。

「先に入ってて」

母にそう告げて、莉子はバッグからスマートフォンを取り出す。

「今、やっておかなきゃいけないことがあるから」

母の背中を見送ってから、莉子はスマートフォンの園田の連絡先を消去した。

拍手が聞こえた気がして、顔を上げる。今通ってきた道の街路樹が、莉子に祝福の拍手をしている。そう考えてから、違う、と思った。ただ風が吹いて、葉が揺れただけだ。都合よく解釈するのはやめよう。自分の未来には祝福などない。

それでも進まなければならない。ゆっくりと息を吐いて、莉子は建物の中に一歩、大きく足を踏み入れた。

＊

「ねえ、律くん。この箱、開けちゃっていいかな」

食器類と書かれた段ボール箱を指さし、台所にいた兄の妻が声を張り上げる。カーテンを取りつけていた園田は「あ、はい」と答えた。すこし迷ってから「お願いします」もつけくわえる。段ボール箱を机代わりにして折り紙で遊んでいた姪と目が合った。姪はなにも言わず、また折り紙の続きに戻る。

「ほんと、すみません。手伝わせて」

「いいよ。引っ越し、慣れてるし」

園田の異動が決まったのは、中原大樹の事故が起きてから一か月ほど過ぎた頃のことだった。あの頃は八割がた会社をやめる決意を固めていたのだが、周囲に、とりわけ上司の高砂さんとなぜか後輩の橋本に強く勧められて辞令を受けた。異動を命じられた支社は、偶然にも兄一家が住む街にあった。

ここではもうPR誌にかかわることはない。おそらく管理組合の業務につくことになるだろうと聞いている。

「海も近いし、いいところよ」

兄の妻の言葉通り、ベランダから、わずかに海が見える。建物と建物のあいだに、唐突に出現する海。ここから見ると、ほんの数センチの海。あいにく曇っていて、灰色がかっている。それでも、海は海だ。

「いいところみたいですね」

「うん。もうちょっと住みたいぐらい」

園田と入れかわるように、兄の転勤が決まった。ひとり身の園田より彼らの引っ越しのほうがよほど大変なはずなのに「引っ越しに慣れてるから」の一点張りで、必要ないと言ったのだが園田のアパートに手伝いに来てくれた。

「ヨットハーバーの近くにレストランがあるんだけど、そこのクラムチャウダーがほんとうにおいしいの。片付けが一段落したら行こうね」

兄の妻はひとりでよく喋る。園田としては、相槌だけ打っておけばいいから楽だった。

「荷物、これでぜんぶ？　少ないのね」

「家具はこっちで買おうと思って」

持ってきたのはすこしの本と食器と衣類、その程度だった。衣類を詰めた段ボール箱を開くと、いちばん上に入れておいた正方形の包みが目に入った。佐々木朱音からもらったハンカチの包みだ。

佐々木朱音が公園で「お元気で。さようなら」と言って去った時、園田は、佐々木朱音とはもう二度と会えないのだろうと思っていた。自分のせいだとわかっていたし、当然だという気もしたが、「もう二度と」という事実は重く、園田を苛んだ。

異動と引っ越しのことをメールで書き送った時にも、返事が来るとは思っていなかった。だから、翌々日に佐々木朱音が電話をくれたことに、ほんとうに驚いた。

園田の会社の近くまでやってきた佐々木朱音は、園田にハンカチの包みを差し出した。

「はじめて人にハンカチを贈りました」

遠くに行くのは彼女ではなく園田なのに、晴れやかな顔をしていた。教室から去っていく子をうらやましく見つめていた子どもはもう彼女の中にはいないのかもしれない。

さようなら。今度は明るい場所で言い合って、笑顔で、手を振り合って別れた。それだけだった。それだけだったが、「さようなら」を上書きする機会を佐々木朱音がくれたおかげで、「もう二度と」は、園田がこれからも抱えて生きていける程に軽くなった。

遠ざかる佐々木朱音の背中に、なにか声をかけたかった。なにも思い浮かばなかった。彼女の足音がやけにくっきりと聞こえた。

自分は「たしかなもの」を手に入れることはできない。唐突に、園田はそのことを理解した。器を傾ければ容易にこぼれる湯を守るように、そろそろと歩んでいくことしかできない。佐々木朱音の迷いのない、すこしも園田との別れを惜しむ気配のない足取りを見ていて理解した。園田は彼女のようにはなれない。彼女は自分を救い、導いてくれる人ではない。ずいぶん都合の良い期待を押しつけたものだ。

乾いた風に押されるように、佐々木朱音はどんどん早足になっていって、すぐに見えなくなった。追い風に、園田の踵《かかと》が浮く。たしかなものを持たない身体は頼りなく、そのぶん身軽だった。

異動が決まってからはあわただしく、『喫茶くろねこ』には一度も行かなかった。あわただしくなくても、おそらく行かなかった。莉子がまだあそこで働いているのかどうか園田は知らないし、知る必要もないことだ。

「殺して」と莉子が言った時の、あのペンで塗りつぶしたふたつの丸のような光のない目を、園田はこの先もずっと忘れないだろう。「殺して」と口走りながら、その言葉の正しい意味をまるで理解していないように見えた。

段ボールのふちに置いた手を見つめる。この手を莉子の首にかけたのだと思い、それからふいに「同じだ」と気がつく。自分も莉子と同じだ。ちっともわかっていなかった。だから中原大樹を殺そうなんて考えた。園田は莉子に「おれとあんたは、ぜんぜん違う」と言ったが、命を奪うことや奪われることのリアリティの希薄さは、恥ずかしくなるほど似ていた。

箱から出したすべての食器を洗い終えた兄の妻が、タオルで手を拭きながら姪に近づいていく。

「できた？」

「まだ」

姪の小さな手が黄色の折り紙を畳んでいくのを、園田は作業の手を止めて見つめた。

「この子、おともだちとケンカしちゃったの」

説明するように、兄の妻が園田を見る。姪は件《くだん》のおともだちと仲違いしたまま引っ越すのが嫌で、仲直りのために手紙を書いているのだという。折りあげた黄色いハートの前面に「れいちゃんへ」と書き、裏返して「かんな」と自分の名を書いた。

「れいちゃん、って言うんだ」

園田が隣にいって覗きこむと、姪は小さく頷く。しんゆうなの、と続けて、下を向いた。

園田は「そうなんだ」と答えながら、自分は小学校に入る前に「親友」などという言葉を知っていただろうかと考えた。『ドラえもん』を観ている時にジャイアンが「心の友よ」とよく言っていたから、もしかしたら言葉は知らずとも概念は理解していたかもしれない。

「いいね、かんなは。そんな友だちがいて」

「律くんには、いないの？」

姪は顔をまっすぐ園田に向ける。

「いないよ」

「いやだ、さびしいこと言わないでよ」

兄の妻が笑い、園田は首を横に振った。

「さびしくはないですよ」

友だちはいない。以前なら口にするだけでみじめに感じたかもしれない。

「なんで？」

心底ふしぎそうな姪の問いに、園田はしばらく考えこんだ。

「友だちじゃなくても、相手のために行動したり、大切に思うことはできるから」

できるんじゃないかと思うようになったから、と言いなおした。膝の上に置いたハンカチの包みに視線を落としながら、「幸せを願うことだって」と小さな声で続ける。姪の返事はない。

太陽の位置が変わったのか、雲が動いたのか、さきほどより外が白く明るい。はやく終わらせて、兄の妻が言うレストランに行かねばならないと思いながら、園田は段ボール箱から衣類を取り出す手を早めた。

＊

ひさしぶりに袖を通す喪服のウエストがきつくなっていて、朱音は自分がすこし太ったことを知った。やだな、とため息をつきながら数珠《じゅず》をバッグにしまい、今日の葬儀が行われる寺に向かう。この数珠は、二十歳になった日に父からもらった。母が使っていた紅水晶《べにずいしょう》の数珠だと父は言った。紅水晶ってなんだろうと思いながら開いた包みの中には、うすいピンクの珠がつらなっていた。

「ああ、ローズクォーツね」

朱音が言うと、父は目をぱちくりさせて「でもお母さんは紅水晶って呼んでた」と言い訳みたいに言った。「母の呼びかた」をいつまでも記憶し、倣う父がいたましいような、すこしうらやましいような気がしたことを、今も覚えている。

思ったより参列者のすくない、静かな葬儀だった。喪主は故人の妻だった。ハンカチで目頭を押さえながら、途切れがちに喪主の挨拶をしていた。喪服のまま保育園に鈴音を迎えに行くのは気が引けた。バスを降りた朱音は、マンションを目指して早足で歩く。息をきらしてマンションの玄関に到着した朱音の目に、見覚えのある後ろ姿が飛びこんでくる。まさかと思って声をかけると、やはり宏明だった。

「今日ちょっと会社の代休でさ」

朱音が訊ねもしないうちから、弁解がましく口にする。

「なにしにきたの」

警戒心が滲み出てしまっていたのだろう、宏明は慌てたように手を振り、持っていた紙袋を掲げた。

「これ、きみの服。なんでか、これだけ押入れに残ってて」

受け取った紙袋を覗きこんで「なんだ」と呟く。結婚前によく着ていたワンピースが一枚だけ、きれいに畳んで入れられていた。鈴音が生まれてからは着る機会もなく、しまいこんでいるうちにすっかり忘れてしまっていた。

「いいのに、そんなの。どうせ着られないし」

「どうして」

「太ったから」

なんてことを言わせるのか。不満げに鼻を鳴らすと、宏明は朱音がたじろぐほどまっすぐに見つめて「でも、今のほうがいいよ」と言い切った。太ったことは否定しないのね、どっちにしろいいか悪いかはあなたが決めることじゃないけどさ、と思いながら、まだ立ち去ろうとしない宏明を見つめ返す。

「これを渡すために、わざわざ来たの？」

「いや、すこし話せないかな、と思って」

宏明が気まずそうに頭を下げる。

「かあさんからいろいろ聞いたよ。謝りたくて」

「なに言ってんの？　あなたが謝ることではないでしょ」

自分でも驚くほど尖った声が出てしまい、とりつくろうように「とりあえず、待っててよ」と背を向けた。

「着替えてくる。鈴音を迎えに行くから、歩きながら話そう」

いそいで着替えて下に降りた。所在なげに待っていた宏明と共に、保育園に向かって歩き出す。

「さっき喪服着てたけど、不幸があったの？」

「うん。小学校の先生。あと、父の友だち、でもある」

浜田先生の死の報せは、父の電話によってもたらされた。葬式に行こう、と誘われたわけではない。今日はお葬式に行くからアパートにはいないよ、と朱音に伝えるための電話だった。わたしも行くよ、と伝えたら、父は心底驚いたような声音で「そうか」と答えた。

「好きな先生だったの？」

そう問われて、考えるまでもなくきっぱりと首を横に振る。

「ちっとも」

棺《ひつぎ》と遺影を前にしたら、なまなましい記憶やらそれに付随する激しい感情やらがよみがえるのかもしれない。わたしはそれに耐えられずに、叫んだり泣いたりしてしまうのかもしれない。葬儀に行く道中、そんなふうに想像していた。

記憶と感情は、朱音の想像通りに鮮やかな色彩を保ったまま溢れ出したが、一定の距離を保ってそれらを眺めることができた。ただ静かに両手を合わせ「浜田先生」と心の中で呼んだ。さようなら、先生。

葬儀のあと、お寺の外で父を見かけた。声はかけなかった。他のボランティア仲間らしき、同世代の男女と話していたから。朱音のいた場所からは父の横顔しか見えなかったが、その表情が自分や鈴音といる時よりもくつろいでいるように感じられ、どうしても声がかけられなかったというほうが正しい。

父の「お父さんのことは気にしなくていいから」は、娘を縛るものではない。ほんとうは、とっくに気がついていた。つまらない勲章だと知りながら「孝行娘」にしがみついていた朱音が、父に責任を押しつけるために、そういうことにしておいただけなのだ。

「じゃあ、なんでお葬式に行ったの」

宏明は意味がわからないという表情でしばらく眉を下げていたが、朱音が「お義母さんのことで、話ってなに」と水を向けると、小さく頷いた。

「かあさんがだいぶ迷惑かけたみたいだから」

「ああ」

「保育園に押しかけたり、会社に電話したり」

「電話？」

嫌がらせみたいな、と目を伏せる宏明は、そのことをとても恥じているようだった。朱音は社長が受けたという嫌がらせの電話が、宏明の母の仕業であったことを今ようやく知った。いや、ほんとうはなんとなく見当はついていた。できればはずれてほしいと願ってはいたけれども。

結婚していた頃、嫌なこともあったし、信じられないような言葉をかけられたこともあった。でも楽しい時だってあった。幾度となく助けられた。一度は「お義母さん」と呼んだ人を疑いたくはなかった。

「もう二度とするなって、きつく言っておいたから」

ごめん、朱音。宏明が立ち止まって、深く頭を下げる。

「いいよ、もう」

宏明が謝るのは違うし、ここで自分が「いいよ」と言うのもなにか間違っている気がするのだが、他になんとも答えようがない。

「あの人、わたしたちの離婚で」

朱音は歩みを止めずに言葉を続ける。

「きっと、すごくすごく、傷ついたんだろうね」

朱音に傷つける意図はなくても、結果としてそうなった。謝罪はしない。悪いことをしたと思っていないのに「相手が傷ついているから」する謝罪など、意味がない。

そこからは、会話もなく歩いた。角を曲がれば、もう保育園だ。

「鈴音に会っていくでしょ?」

宏明は「いや、いいよ。もう、ここで」と答える。

「そう?」

わかった、じゃあ、と背を向けたら、背後で宏明が笑った。

「なに?」

「いや、変わらないなあと思って」

結婚する前に外で会った時の別れかたと同じだと、宏明はおかしそうに肩を揺らす。

「駅の改札まで送っていくと、いつも『じゃあ』ってすぐに背を向けて、ぜったい振り返らなかったよね。女の子ってもっと名残惜しそうにしたり、何度も振り返って手をふったりしてくれるもんだと勝手に思ってたから、最初は戸惑ったよ」

「あ、そう。それは」

すみませんね、と言いかけた朱音を「いや」と宏明が遮る。

「そういうところが好きだったんだよ」

好きだった。あたりまえのように発せられた宏明の言葉は、朱音に「ほんとうに終わったのだ」ということを教えてくれた。それを受け止める自分の心に、なんの後悔もない、ということもまた。朱音は今ここに至るまでの痛みを死ぬまで忘れない。でも過去に置いていく。

じゃあまた、とあらためて挨拶をかわして、朱音は保育園の門をくぐる。園庭で走りまわる子どもたちの中に、鈴音も混じっていた。名を呼ぶとすぐに顔を輝かせて駆け寄ってくる。

なんだか、また背が伸びたみたい。

あわただしい朝には気づかなかった娘の成長に驚きながら、朱音は鈴音を抱きとめるために、大きく腕を広げる。

終章

「じゃ、また明日ね」

交差点で、陽向ちゃんは軽く手を挙げて、かんなとは逆方向に向かっていった。彼女と離れられたことに内心ほっとしている自分に気がついて、かんなはすこし嫌な気分になる。

「ばいばーい」

「ばいばーい」

「明日ねー」

さっきまですこし先を歩いていたふたりが陽向ちゃんを見送り、同時にかんなを振り返った。じっと見つめられて、かんなの手のひらに汗が滲む。

「さっきマンションの幽霊の話、してたでしょう」

ピンクのランドセルの子のとがめるような口調に、胸がきゅっと痛む。なにかまずかっただろうか。たいしたことじゃないよ、ただの都市伝説みたいな話だったよ、と言おうとしてやめた。前の前の学校で、かんなはクラスのみんなから無視されたことがある。きっかけは覚えていない。覚えていないぐらい、ささいなことだった。だからかんなは「ささいなこと」がこわい。

「うん」

でも、迷ったすえ、正直に答えた。こわいけど、嘘はついちゃいけないから。

「えっと……」

ふたりの名前をちゃんと覚えていないことを、知られてはならない。それはとても失礼なことだとママが言っていた。なんだっけ。思い出したい。思い出さなきゃいけない、なんとかして。どうしても名前がわからない。ただでさえ今はみんなマスクをしていて、顔がよくわからなくて、だからますます名前が覚えられない。でもそんなの言い訳だって、みんなきっと言うから。

ママはかんなが学校から帰ると毎日訊ねる。学校は楽しかったか、友だちはできたかと。ここで浮いちゃいけない。この子たちと、なんとしても友だちにならなきゃいけない。

名前のわからないふたりは、困ったように顔を見合わせている。

「あんなの嘘。ぜんぶ嘘。ちょっと、すずも言ってやって」

ピンクのランドセルの子が紺のランドセルの子の腕を摑んで、ぶんぶん振った。

「落ちついて、めあちゃん」

そのやりとりで思い出した。名前は「桜井芽愛」だ。もうひとりは「佐々木鈴音」。ふたりは保育園からずっと一緒らしい。

「だってそのマンションから落ちたのって、たぶんわたしのパパだから」

芽愛ちゃんの言葉に、かんなはびっくりしてしまって、なにも言えなくなった。

「死んでないし、幽霊になんかなるわけない」

「あ……そうなんだ。じゃあ今も元気なんだね」

「たぶんね。最近会ってないけど」

芽愛ちゃんのお父さんとお母さんは芽愛ちゃんが小学校に入る直前に離婚した。お父さんは一度マンションから落ちて怪我をしたことがあって、その時の事故の話がまわりまわってへんな都市伝説みたいになっているらしい。

「ばかみたいでしょ」

芽愛ちゃんがものすごく不機嫌そうに道端の小石を蹴った。そうだねと言うのもそうでもないよと言うのも違う気がして、黙って小石のゆくえを目で追う。芽愛ちゃんが背負っているメタリックなピンクのランドセルにはプリンセスのティアラみたいなかたちのシルバーの飾りがついていて、彼女が身体の向きをわずかに変えるたび太陽の光を反射する。

かんながランドセルを買う時「こういうのは結局は無難なデザインのほうがいいんだって」とママに言われて、茶色にした。気に入っていないわけではないが、ほんとうはもっと明るい水色が欲しかったのだとあらためて思い出す。

ランドセルは、おじいちゃんとおばあちゃんとママと律くんと一緒に買いに行った。パパはいなかった。好きなのを選んでいいのよ。ママもおばあちゃんもたしかにそう言った。でも、ほんとうに好きなのを選んだら「え、そんなのが好きなの？」と呆れられるような気がして、だから「これなんかどう？」「これは？」とふたりがつぎつぎ指さすたびに頷いて、はっきりしなさい、とおばあちゃんに渋い顔をされた。

「陽向ちゃんって、なんでいつもああなの？　わたし」

あの子、嫌い。そんなふうに続きそうで、かんなは身を竦《すく》ませる。

「陽向ちゃんは、こわい話が好きだよね」

鈴音ちゃんがぽつりと言って、芽愛ちゃんが口をつぐんだ。

「でも芽愛ちゃん、こわい話嫌いでしょ。わたしもそう。いつも耳ふさいで、ぜったい聞いてあげないもんね。陽向ちゃん、話を聞いてもらえて、うれしかったのかも。かんなちゃんもこわい話が好きなんだ、って思って、それで。陽向ちゃん、やさしいから」

鈴音ちゃんはそう推理することで、「芽愛ちゃんに共感する」と「陽向ちゃんとかんなをフォローする」を、同時にやってのけた。

「まあ、ね」

芽愛ちゃんがつんと顎を上げる。鈴音ちゃんってすごいな、大人みたい。感心したように大きく見開いたかんなの目に、道の向こうから小走りでやってくるふたりの女の人の姿が飛び込んできた。ひとりが「鈴音」と叫ぶ。

「え、ママ」

「ほんとだ、ママだ。あれ、わたしたちのママ」

振り向いた芽愛ちゃんが教えてくれた時には、彼女たちはもうすぐ目の前まで近づいて来ていた。

「ああ、よかった。行き違ったらどうしようかと思った」

メガネの女の人が息を切らしている。目が小さくて、背も小さい。こっちが鈴音ちゃんのママだろうなと思った。雰囲気がそっくりだから。

「お茶してたの、さっきまで。ふたりでね。そしたら不審者情報のメールが来たからさ。心配になって迎えに来ちゃった」

芽愛ちゃんのママはオレンジ色のワンピースを着たきれいな人だった。かんなのママはいつも口ぐせみたいに「転勤ばっかりでぜんぜん友だちができない」と言うし、そのことで悩んでもいる。このふたりを見たら、うらやましがるに違いない。

「芽愛ちゃんと鈴音ちゃんが仲良しだから、ママたちも友だちなの？」

かんなが感心すると、ふたりのママは一瞬顔を見合わせた。

「え、わたしたち友だちじゃないよ」

「うん、友だちではない」

なんなんだろう、この人たち。

友だちじゃないなんて面と向かって言われたら、かんなならショックで泣いてしまう。それなのに芽愛ちゃんも鈴音ちゃんもまったく驚いていないし、ママふたりは「ねえ」と顔を見合わせて笑ったりしている。かんなは混乱して、またなにも言えなくなった。

「あなた、おうちどこ？」

「あ……えっと、あっちです。スーパーの横のマンション」

かんなが指さした方向を見て、芽愛ちゃんのママと鈴音ちゃんのママは「心配だし、送っていこう」「そうだね、それがいい」と頷き合う。みんなでかんなのマンションまで歩くことになった。

鈴音ちゃんと芽愛ちゃんがかんなを真ん中にして歩き出した。ふたりのママは、すこし後を時折言葉を交わしながらついてくる。イインカイ。ガッコウギョウジ。そんな単語が時折もれ聞こえる。すごく仲がいいように見えるのにな。友だちじゃなくても仲がいいなんて、そんなことってあるのかな。

かんなには、わからなかった。わかるようになりたかった。律くんならわかるのかなと、離れた街に住む叔父さんの顔を思い浮かべた。

パパやおじいちゃんやおばあちゃんは、律くんのことを「なにを考えてるかわからないし、暗い」「いつまでもひとりでふらふらして」と言うけど、かんなはそんなふうには思わない。律くんは無口だけど、暗いというのとはすこし違う。静かなだけだ。ひとりでいるのは、「他の人に寄りかかるんじゃなく、ひとりでしっかり立てるようになりたいと思っている」からだと手紙に書いてくれた。ふらふらなんか、していない。

律くんはかんなが新しい土地に引っ越すたびに手紙をくれるのに、まだその返事を出していなかった。いつもいろんなことをいっぱい考えている律くんなら、かんなのこの疑問にも真剣に考えて答えてくれるかもしれない。帰ったら、すぐに手紙を書こう。

角を曲がると、つつじの植えこみが続く道に出る。紫がかった濃いピンクの花の色をあらわす正しい名前を、かんなは知らない。知らないけれども、たしかにこの色が好きだ。この花が。花が咲いているこの道が。

「わたし、ここ好き」

かんなが言うと、なぜかその場にいた全員が、とてもうれしそうに笑った。

マンションが見えてきた。「ここだね」と言ったのがどっちのママの声だかわからなかったけど、かんなは大きな声で「そうです」と答えた。

「また明日ね、かんなちゃん」

「うん、ばいばい」

芽愛ちゃん、鈴音ちゃん。すこし迷ってから、そう付け足した。

ぴょんぴょん跳ねるような足取りで、メタリックピンクのランドセルと紺のランドセルが遠ざかっていく。じっと見ていると、彼女たちが振り返って手を振ってくれた。かんなも手を振り返す。ふたりは数歩歩いて、また振り返ってかんなに手を振る。

「あなたたち、別れを惜しみ過ぎだよ」

「そうだよ、また明日会えるんだから」

大人ふたりが笑って、そう言うのが聞こえた。それでもかんなは、彼女たちの姿が見えなくなるまでずっと、両手を大きく振り続けた。

初出　「小説新潮」二〇二二年一月号〜一〇月号

写真　コハラタケル

わたしたちに翼《つばさ》はいらない

著者

寺地《てらち》 はるな

発行
2023年8月20日
2刷
2023年8月25日

発行者｜佐藤隆信

発行所｜株式会社新潮社
〒162-8711
東京都新宿区矢来町71
電話　編集部 03-3266-5411
　　　読者係 03-3266-5111
https://www.shinchosha.co.jp

装幀｜新潮社装幀室

印刷所｜錦明印刷株式会社

製本所｜大口製本印刷株式会社

ISBN978-4-10-353192-0　C0093

無人島のふたり
120日以上生きなくちゃ日記
山本文緒

お別れの言葉は、言っても言っても言い足りない——。ある日突然がんと診断され、余命宣告を受け、それでも書くことを手放さなかった作家が、最期まで綴った日記。

#真相をお話しします
結城真一郎

リモート飲み、精子提供、YouTuber……。緻密で大胆な構成と容赦ない「どんでん返し」で現代の歪みを暴く！ 日本推理作家協会賞受賞作を含む戦慄の5篇。

救国ゲーム
結城真一郎

稀代のカリスマは、なぜ首なし死体と化したのか——。〈日本推理作家協会賞〉を受賞した、ミステリ界次代の旗手による究極のタイムリミットミステリー！

君といた日の続き
辻堂ゆめ

娘を亡くし妻とも離婚した僕に、未来を生きる資格があるのだろうか。そんな僕の前に現れた10歳の君と、終わりがあると知りながら過ごす僕のひと夏の物語。

夜が明ける
西加奈子

思春期から33歳になるまでの男同士の友情と成長、変わりゆく日々を生きる奇跡。まだ光は見えない。それでも僕たちは夜明けを求めて歩き出す。渾身の長篇小説。

正欲
朝井リョウ

生き延びるために手を組みませんか——いびつで孤独な魂が奇跡のように巡り遭う。絶望からはじまる、痛快。あなたの想像力の外側を行く、気迫の書下ろし長篇小説。